矜持

坂上美儀短編集

坂上美儀

SAKAUE Miyoshi

文芸社

もくじ

矜持

坂上美儀短編集

黒い乗用車

国民皆保険が始まる二、三年前の話である。

村の入口近くに黒塗りの高級乗用車が、静かに停まった。初老の男性と若い女性が車から降りた。男性は医師で、このあたりでは名の知れた顔である。若い女性は看護婦である。医師は小肥りの体を正面に見据えたまま、後部座席のドアが開くのを待って、ゆっくりと外に出た。ドアの隙間から黒光りする高級そうな靴が、垣間見えた。看護婦は反対側のドアを開けて、医師に付き随った。

医師の顔は赤みがかり、健康そのものである。患者には散々腹八分を説きながら、自分は暴飲暴食に明け暮れて、秘してはいるが実は高血圧症と、糖尿病を患っている。医師は白衣のボタンのことごとくを掛けずに、風のそよぎに任せている。高級な三つ揃いの背広の腹を突き出して、自信たっぷりにことさら横柄に歩いた。これぞ医師の貫禄と金満ぶりを示すのに、十分であった。歩くたびに金満家ぶりがあたりに飛び散った。医師はそんな境遇に十分満足している。医師は医師になった直後から、この光景を想像しており、叶った自分に微笑んでやまない。実は医師は貧しい農家の出で、先代に成績優秀を見込まれて、婿入りしたのである。資産付きの妻は内心夫を軽んじているが、医師もそれを承知しており、ひそかに憎んでいる。

看護婦は白いキャップを被り、黒い牛革の鞄を提げて、幾分距離を置いて歩いた。ふたりは三、四十メートルほど歩いて、角を左に折れた。

残されたお抱え運転手は、ふたりの姿を見届けた後、後部のトランクを開けて、中から長い柄の羽ぼうきを取り出した。慣れた手つきでいつものように、ボディーの埃を掃った。前後左右天井を一度ならず、撫でるように慈しむように、掃い落とした。もともとさほど、汚れていない黒塗りの乗用車の外面は、一層綺麗になった。顔が鮮明に映るほどである。

四つのドアを開け放って、車内の掃除を始める。まず、運転席の足元に敷いてあるゴムの敷物を取り出し、やや離れた所まで持っていき、埃を叩き落とす。助手席のゴムも同様の作業を繰り返す。次に後部座席に移るのだが、ゴムの敷物が長く繋がっており、厄介である。埃が立たぬようにふたつに畳んで、ゆっくりと静かに外に出す。叩けば乾いた埃は風に乗って、どこかに飛び去っていった。ハンドルやフロントガラスの内側を、柔らかい布で丹念に拭く。羽ぼうきで座席や内部の至る所の埃を、極力取り除く。

運転手はやることが無くなった。手持ち無沙汰の彼は煙草をくゆらして、あたりを見回している。

そこに見計ったように洟垂れ小僧五、六人が、勢いよく車目掛けて走ってくるではないか。運転手は思わず、舌打ちした。運転手の心象など端から忖度しない悪童たちは、至る所から車を取り囲み、額がくっつくほど覗き込んでいる。運転手は直ちに反応した。「触るな。絶対に触るなよ」と、大声で厳命を下した。触られて、べっとりと汚い指紋がいくつも付いてしまうことを、何よりも恐れていたのである。蝿でも追い払うような忌々しいしぐさで、悪童たちを遠ざけようとした。だが、悪童たちも然る者である。なおも立ち去ろうとしない。運転手は依然、警戒を解かずに、煙草をくゆらしている。

ようやく悪童たちが、立ち去ってくれた。ひと安心である。やることのない運転手は、ふたりが消えた方向に、頻繁に目をやるようになった。医師と看護婦の姿が、角に見えると、運転手はくゆらしていた煙草の火をもみ消した。頃合いを見計らって、後部座席のドアを開けて待った。幸い無風である。埃の入り込む心配はない。医師は腹を突き出し、人を見ればさらに磨きをかけて、ことさら横柄な態度で歩いてきた。運転手はおくびにも出さないが、内心苦笑している。ふたりを乗せると黒塗りの乗用車は、ゆっくりと走り去った。

それから二、三日が経った。再び黒塗りの乗用車が、ほぼ同じ位置に停まった。医師と看護婦は、同じ方向に歩いていく。ふたりの足取りが前回よりも、幾分速いように思えた。ふたりは同じ角を曲がって消えた。運転手は例の長い柄の掃除用具を取り出して、同じ作業を繰り返しながら、ふたりを待っている。暇にかまけて、ついポケットの煙草に手がいってしまう。やがてそれにも飽きた。いつしか、ふたりが消えた方向に目をやるようになった。黒塗りの乗用車は戻ってきたふたりを乗せると、直ちに走り去った。

数日後、老婆が死んだ。約束通りと言おうか、期待していた通りと言おうか、思った通りと言おうか、意外と長くもったと言おうか、さばさばしたと言おうか、老婆は死んだ。ともかく死んでくれた。家族はほくそえんだ。

村中を無駄に走り回れる悪童たちは、老婆が防火用水の蓋の上で、汚れた麦わら帽子を被り、長く力無く休んでいる姿を、度々、見ていた。少年の私はそこに言い知れぬ近寄りがたい哀しみを見て、通り過ぎた。

都会はいざ知らず、私が住んでいた村ではその当時医者に掛かることは、死が間近に迫っていることを意味した。哀しいかな、それは紛れもない事実であった。黒塗りの乗用車がその家の庭先や、家の周辺に停まれば、そう遠からぬうちに死人が出た。確実に出た。私は悪童のひとりとして、その光景を嫌というほど、目にした。それが今でも目に焼きついて、離れない。

患者の家の者は、医師の診察など欲してはいなかった。ただただ死亡診断書が欲しかったのである。さすがにそれなくしては、荼毘に付すことはできない。

親の死は確かに悲しいものであるが、死んでもらってほっとした気分になるのもまた事実である。何とも言えぬ解放感が、空一面を蔽う。それは哀しくも得がたい、素晴らしい感覚である。

長く生きれば、それだけ余分の金が掛かる。助からぬ命ならば、という風潮がその当時、確かにあった。今は皆、口を噤み、素知らぬ体を装っているが、親が死ねば、束の間の青天井が現れた。

私はそういう時代を見てきた。

今またそのような時代が形を変えて、確実に近づきつつあるように、思えてならない。

靴

暖簾《のれん》を分けて、重々しいガラス戸の前に立った。躊躇が、戸を開けるのを遅らせた。あたりに誰もいないので、戸惑いは察知されていない。意を決する思いで戸を開け、店の中に入った。一瞥の直後、若い板前が威勢のいい掛け声で、彼を迎え入れた。カウンターには数組の客が酒を酌み交わしていたが、深刻な話をしているふうはなく、話が弾んでいる様子でもなかった。

「〇〇銀行の部屋は、どこですか」

カウンターの内には三人の板前が立ち働いていたが、先ほどの男が美しく散髪した頭を正面に見据えたまま、奥まった部屋を指差した。部屋は三つに仕切られていた。唐紙がはめられ、すべてが閉められ、どの部屋からも、耳を澄ませども、微かな声ももれてこない。入るべき部屋は分かっていたが、すぐに入ることが躊躇われ、廊下に佇んだ。にわかに唐紙が開き、それに紛れて部屋に入りたい思いがあった。仲居の後に付いて、紛れるのも、都合が良い。

立ち尽くすのは不自然である。靴脱ぎ場の前に立った。靴は爪先を前に向け、整然と並べられてあった。女性と男性とに分けられてある。

私は眼前に並ぶ数多の女性靴と、ある女性の顔を思い浮かべた。人の気配が無いのを幸いに、靴ひとつひとつを凝視して、静かにゆっくりと、移動した。いつまでもこんな不安定な所に佇んでいるわけにはいかない。

そこで私は、賭けに出た。数ある靴の中から、最も彼女の物とおぼしき靴に、近づいた。そして私はもう一度、あたりを見回した。誰もいない。幸運に感謝した。今である。私はおもむろに、その靴に、手を伸ばし、鞠躬如《きっきゅうじょ》として靴に触れた。指先をゆっくりと静かに、靴の表面に滑らせる。冷たい靴の感触を刹那味わう。その一瞬一瞬に至福を感じる。いつまでもこうしていたいと切実に思う。だが、至福の瞬間は、短いものであった。

宴ははねた。私がまずしなければならないことは、いの一番に部屋から出て、直ちに誰よりも早く靴を履き、そこから立ち退き、目立たぬ所に佇み、いとおしく、いとおしく触れた靴が彼女の物であるかいなかを確かめることである。私には自信があった。私は固唾を呑んで、見守った。皆が談笑しながら、ほろ酔い加減に、靴脱ぎ場に殺到した。もちろん、意中の女性もその中のひとりである。

女性は求められれば会話に加わるが、意識的にか話の中心にはならず、微笑を絶やさない。そうした態度を取り続けることは、一面、疲労を伴うであろうが、私にとってそうした態度が引き付けられる重要な要因のひとつであることは、確かである。

私の視線は一点に注がれた。数人の女性が、靴置き場に立っている。私の自信はいつしか、失せていた。祈るような気持ちで、見守った。意中の彼女はおもむろに、ひとつの靴を手に取った。

彼女が手に取った靴は、私が鞠躬如《きっきゅうじょ》と触れた靴ではなかった。

私の落胆は大きかった。私は急ぎ、洗面所に向かった。そして、指一本一本、丁寧に洗い、見えぬ垢を流し落とそうとした。だが、それはやめることにした。あまりにも靴の持ち主に失礼であると、思い直したからである。

約一カ月後、彼女の婚約の噂が、職場に広がった。遠い都会に嫁ぐという。同期入社の男と視線が合った。普段から、何かと反目する男であった。冷笑しているように見えた。私が彼女に好意を寄せていたことを、知っていたのかもしれない。細心の注意を払っていたので、そんなはずはないのだが、男の態度に腹が立ち、唇をかんだ。彼女を送る宴は、気の重いものであった。

オートレース

私の住んでいる所から北に車で三十分ほど行った所に、オートレース場がある。今は閑散として閑古鳥が鳴いているらしい。開場当時と比べると、目を覆いたくなるほどの惨状であると、友人から聞いた。

開場当時、私も足繁く通った。場内で、知り合いに会わない日は無く、繰り返す会釈が、厭になるほどであった。レースは群集の喚声に、包まれた。やがて、多くは嘆息に変わった。煙草の煙が空に上がっていく。

大きなレースは、その前のレースが終了する前から売り場に並ばなければならないほどであった。それでも車券が、求められないこともあった。いくつもの売り場の窓口があるにもかかわらず、観客が殺到し、列が遅々として進まない時は、前の人との距離を計って、予想紙に見入った。そんな折、私より遥か[illegible]な、同世代と思われる男の背後に付いた。男の頭の旋毛《つむじ》をちらりと見たりしながら、車券に思いを致した。列は怒りを覚えるほどゆっくりと進んだが、やがて、その男の番が来た。男はおもむろに、作業服のポケットから、裸の紙幣を取り出した。

「三、四が二十五万。四、五が五万」

私は、その声を聞いて、正直、驚いた。

時は、昭和五十年前半。身なりで判断するのは、はばかられるが、男の給料よりも多いのではないだろうか。男は窓口の売り子全員に聞こえるようにこれ見よがしに続けた。

「ちょっと、賭けるのが、少ないかな」

男は窓口の女に向かい、甘く阿《おもね》った。あたりの視線を強く、意識しているのが知れた。

その昂ぶりは、私にも十分、理解できた。私は、その男にいろいろな感情を持ったが、最も多くを占めた感情は、「馬鹿」あるいは「よせばいいのに」であった。男は、その場から、正しく意気揚々と引き上げていった。

男はきっと余韻に浸るはずだ。それを察した私は、車券を求めた直後、急いで、男の姿を捜した。男は仲間と覚しき二、三人の男と話しながら歩いている。聞き耳を立てるまでもなく、よく聞こえた。男は声高に喋った。

「これしかねえんだよなあ。まあ、見てみなよ」

男はもちろん話の中心で、先ほど購入した車券の確率の高さを、自分の自信のほどを、誇るように、仲間を見やった。

レース場はアスファルトで舗装された楕円形で、巨大で広く浅い、すり鉢状を成していた。そして周りを頑丈な金網で囲み、特にその最上部は、闖入者を防ぐべく、数段の鉄条網を張り巡らしてある。しかも、それが観客席に向いている。

発走時刻が近づくと、食堂や木陰、予想屋の前などでたむろしていた人たちが、三三五五、レース場近くに集まってくる。レースは通常、三千百メートルで争われる。時計回りとは逆に、八人が六周するのである。力量が拮抗していると、同位置のゼロメートルに八車が一列に並ぶが、通常ハンデ戦で行われる。十メートル、二十メートル、三十メートルというように、差を付けてスタートする。後方で、スタートする選手ほど、力量が勝っている。同位置でも、外側が力量が上である。因みに、大レースの準決勝は、四千百メートル、決勝は五千百メートルである。

これから始まるレースは、一般レースで、三日間開催される初日である。観衆の息づかいが、聞こえるようだ。大時計が時を刻む。秒針が動く。観衆の目が注がれる。十秒後が、発走である。秒針が、十、九、八、……、三、二、一と刻んだ。爆音と共に一斉にスタートした。

冬で、空気が乾いた時季であり、この地方独特の烈風が吹いていた。煙草の煙が、素直には上がらず、烈風に押し流されたり、渦巻いたりしている。車券売り場で、私の前の男が購入した選手は、ふたりとも最後方の同位置の内外であった。ふたりの力量は拮抗しており、あえて言えば、外側がやや優れていた。そのあたりを知悉していた男は、外側の選手に二十五万を、内側の選手に五万を投じたのであろう。当てにはならぬが、情報通によれば、ふたりは反目しているとの事であった。

八台の車は、第一コーナー目掛けて、殺到した。ハンデの軽い選手から、第一、第二コーナーへと進んだ。技量の劣る選手は、コーナーに入るスピードを緩めたり、外に流れたりして、内が空いてしまう。すると、後方の選手が、そこを見逃さず、前輪を差し入れる。それが叶わぬと見れば、すかさず外から覆い被さるようにして、抜き去っていく。

前走の選手が意外と、粘りを見せている。一周目は、先頭を走る選手と二番目が入れ替わった。二周目は、三番目の選手が、前の選手ふたりを抜いた。三周目は四番目を走る選手が壁となって、後方の実力者を前に進ませない。後方の選手も右に、左にハンドルを切り返して、隙間を窺う。観客は比較的静かにレースを観ている。最後方のふたりがつまずいているようにも思えるが、よくあることなので、まだ安心して観ている。

レースは混沌としてきた。四周を過ぎても、ふたりの実力者は、互いに競り合い、二台抜いた程度だ。お互いが、過剰に意識している。実力が拮抗していると、まま、このような状況に陥るものだ。わずかな隙間に前輪を差し入れ、一気に抜き去ろうとするも、必死の抵抗に遭い、抜くことができない。それ以上無理をすれば、落車の憂き目に遭う。ふたりは、競り合うも、予戦であるので、無理をしないようにも見える。あれよ、あれよという間に、あと一周を示す青い大きなランプが灯り、それと共に、若い女の手によって青い大きなフラッグが、正面の白く塗られた決勝線の前で、たすき掛けのように、右に左に大きく振られた。

ふたりの実力者は、最後まで諦めてはいなかった。右に左に体を寄せ、懸命にハンドルを捌いた。六周目もふたりは、競っていた。

第四コーナーの内側の電光掲示板が、市松模様を何度も点滅させた。ゴールには、ペンキで白線が引かれてあった。ゴール板の内側に、先ほどの若い女が、今度は紅白の市松模様のフラッグを罰点を描くように、力いっぱい振っている。

一着入線の選手が、勢いよく滑り込んだ。続いて、次々と車が爆音を轟かせ、全力でゴール線を通過していく。通過すると、決まって、選手はグリップを直ちに緩め、思い思いに走り去る。

レースは確定した。たちまち、今のレースは過去のものとなった。次のレースの試走が始まる。八車が一定の間隔を置いて、始めは穏やかに、そして青旗が振られると、一周、全力で走り、市松模様が振られて、試走を終える。やがて、百メートルの最高タイムが発表され、車券購入の参考とする。

多くの観客は、次のレースを予想するため、予想紙やスポーツ新聞に見入っている。私も、そうしながら男の行方を捜した。至る所に、首を巡らした。見つからない。多くの群集の中から、見知らぬ男を捜し出すことは、なかなか、難しい。熱心さには欠けたが、もう一度、四方八方に目をやった。男は落胆して、帰ったのであろうか。

その日の約半年ほど前に、珍しい光景を目にした。最も名誉があり、かつ、最も賞金の高いレースを制した他場の選手が、来場した。その日は、日曜日だったように記憶する。当然、満員であった。彼が登場するのは、最終の十一レースである。前々日、前日と、彼は楽々とレースを制して、決勝に進んだ。観衆の多くは、彼が目当てである。私もそのひとりであった。煙草をふかし、ラーメンやカツ丼を食べ、日向ぼっこをしながら、長々と予想紙に見入った。ようやく、十一レースになった。六周回の勝負である。ファンファーレが鳴り響き、出走した。彼は単独で、遥か後方からのスタートである。

誰もが、彼の勝利を疑わなかった。いかに鮮やかに勝利するか、その一点を観に来ていた。後方の実力者の彼からすれば、一台、一台、丁寧に、しかも慎重に、無理無く抜けばよいのである。そして彼は、そのようにレースを進めた。四周回で四番手で来た。だが、ひとり意地を見せる男がいた。地元の実力者で、レース運びは苛烈で、時に反則も辞さないハンドル捌きを見せ、一部に熱烈なファンがいた。その地元の男が、チャンピオンの前に立ちはだかった。頑として、前に進めさせないのである。内に前輪を入れようとすれば、反則擦れ擦れで阻止する。チャンピオンといえど、それ以上差し入れたならば転倒しかねないので、思わず前輪を引いてしまう。それが地元の男の腕であり、魂胆でもある。それではとチャンピオンが外に車を持ち出せば、それに合わせて、男もすかさず外に持ち出す。

地元の男にも意地があり、強い自負心があった。スタートの位置に不満があったのかもしれなかった。いかにチャンピオンといえども、十メートル後方ではないはずだ。同位置の内側が地元の実力者で、外側がチャンピオンである。男は心ひそかにそう思ったに違いない。ここは意地を見せなければならない、と強く決心したのであろう。

五周まで進んだが、チャンピオンはいまだ、四番手のままである。強い抵抗に遭っている。観客は固唾を呑んで、見守っている。六周回目に入った。正面の決勝線の前で、青い旗が大きく振られた。第一コーナーで素早く、内に前輪を差し入れたが無理せず、前輪を引いた。第二コーナーでは、車を外に持ち出したが、無理せず車を引いた。第三コーナーでは、車を内に差し入れたが、無理はしなかった。第四コーナーでは、車を外に持ち出し、グリップ全開で走り抜けたが、四着のままであった。地元の実力者は面目を保った事になる。

紅白の市松模様が振られている。喚声が上がった。悲鳴に近い。落胆が混じっていた。観客は、帰路を急いだ。観衆の上空を、煙草の煙が、大空に向かって上がっていった。この混みようでは、慌てても同じことと私は判断した。交通渋滞は、目に見えている。しばらくすると、配当金が発表された。配当金にもいろいろあるが、連勝単式で、四万一千円であった。連勝単式とは予想した着順通りに、車がゴールを通過すること。それ以外、すべて、外れの車券である。百円投じて、当たれば、四万一千円になる。

また、喚声が上がった。羨望があり、嫉妬も混じっていた。十分もしないうちに場内は、だいぶ空いてきた。そろそろ帰ることにするかと思い、重い腰を上げた。すると、払い戻しの窓口あたりが、騒がしい。列に並んでいる者は、数人しか見えない。並んだ最後尾の男が、手間取っている。人が次第に増えた。いつしか、人垣が遠巻きにできた。

高額の払戻しを受けているらしい。最後尾の男が窓口に立ってから、かなりの時間が経った。確認を何度も繰り返し、普段は見ない責任者のような男が立ち合っているのが、窓口の奥に窺える。ようやく受け取ったようだ。窓口あたりに、たむろしていた野次馬が道を開けた。ガードマンが男に何やら話し掛けている。男は頭を振った。後に知れたが、車まで、見届ける提案を断ったのであった。

男は洗いざらしの作業服に、下も同じような作業服を着ていた。靴も同じような、作業靴であった。男は白い封筒をズボンの奥深くに押し込んだ。その上を手で強く押さえ、足早に走り去った。受け取った金額が、あたりに波のように拡がった。四百十万円であると、聞いた。私は非常に、疲れた気分になった。もしかして、窓口の群集の中に、あの三十万男が混じっており、今度は自分の番であると勝手に四百十万円に触発されたのかもしれない。なんの脈絡も無いが。

帰路

学校はまことに、小規模であった。小学校と中学校が、同じ敷地内にあった。小学校を卒業して、狭隘な校庭を横切れば、南側に二階建ての細長い中学校があった。全員がそこに進んだ。小学校を卒業したのは男女合わせて、六十人ほどであった。男女はほぼ同数である。女は知らぬが、男は運動部に入る事を強いられた。バレーボール、バスケットボール、そして野球部である。ほぼ均一に入部したように思うが、花形はなんといっても野球部である。

植田は野球部に入った。

柔軟体操、グラウンド一周、ベースランニング、素振り、兎跳びなどが済めば、顧問は職員室に戻った。もともと、専門的知識があるわけではなく、くじ引きのようなもので決められ、順番でなったに過ぎなかったが、それでもほぼ毎日、姿は見せた。

顧問が去れば、新入生にはつらい仕事が待っていた。来る日も来る日も球拾いに明け暮れるのである。二、三年生が打ち損じた球を、二手に分かれて拾うのだ。さすがに、バックネットは設置されていたし、敷地内に落ちる球はまだよかったが、左右は無防備そのものであった。一塁側は校庭に接して桑園が連なっており、球を追って入って土を踏み固めたりしたが、それほどのおとがめはなかった。

問題は三塁側にあった。三塁側には水田が拡がっていた。二毛作であり、裏作の麦の間は、一年生が田んぼに闖入しても、嫌な顔はされたが声高に注意されたりはしなかった。しかしそれも冬の間だけに過ぎず、麦の丈が次第に伸び、出穂期になり、麦秋ともなると、勝手に出入りする生徒は舌打ちされた。農民は神経質になっていた。生徒が勢いよく麦畑を走ると、せっかく実った収穫期間近の実がこぼれる恐れがある。それを何より危惧していたのである。

やがて麦が刈られ、田に水が引かれる。早苗が植えられる。早苗は植えられた後、しばらくは落ち着かず、根が張っていない。その不安定な水田に、四、五人の生徒が、無神経に入り込む。泥にまみれた白球を拾い上げ、人に見つからぬうちに素早く、水田から引き上げる。

生徒が引き上げた水田には、足跡がいくつも無残に残っている。苦労して植えた早苗が、曲がったり、浮いたりしている。苗を落ち着かせておきたい最も重要な時季なので、怒るのも無理からぬことであると、球拾いをしている植田自身も承知している。しかしながら、打ち損じた球を拾わぬわけにもいかない。そうせねば二、三年にたちまち叱責される。

それに引き替え、一塁側の桑園の担当の時は、気が楽であった。入部の時、桑は芽吹いてはおらず、すべての枝は、中途で整えられており、荒縄で縛られてあった。そんな桑の木が列をなして並ぶ桑園の中を、自由自在に動いた。スイングを見定め、あらかじめ落球の行く先を予想して、捜し出したりした。

そんなある日、植田はいつものように、同じ新入部員の中村と、帰路を急いだ。トンボと呼ばれる運動場を平らにするT字形の道具を片付け、ベースやバットをはじめ、すべての備品を新入部員全員で元に戻した後であったので、薄暮が迫っていた。ふたりは、帰りはいつも一緒であった。疲れもあり、別段、話すこともないので、お互いに無言を通した。

学校とふたりの家の距離は、二キロほどであった。中ほどまで来た時、自転車が迫って来た。ふたりは同時に振り返った。明かりを点している。自転車はふたりを見て、ブレーキを掛けた。

「なあんだ、おまえたちか」

声の主は野球部の顧問であった。「気を付けて、帰れ」と、顧問は言った。そのまま普通に立ち去るものと、思われた。少なくとも植田はそう思った。だが、違った。

「乗せていこう、乗れ」

と、顧問は力強く中村を指名した。中村は躊躇なく、顧問に応じた。植田には目もくれなかった。

中村を後ろの荷台に乗せた自転車は、そのままためらう様子も見せずに立ち去った。

植田は中村に裏切られた思いがした。その場に、呆然と立ち尽した。しばらく歩くことができない。悔しさで全身が、震えた。中村の無神経さに腹が立った。そんな中村を信用していた自分に腹を立てた。遠ざかる自転車を茫然と見送りながら、中村だけを乗せて走り去った顧問を憎んだ。激しく憎んだ。抑えがたいほど憎んだ。植田には目もくれず、中村だけを見ていた顧問を憎んだ。

そして、中村を憎んだ。顧問を憎んだ以上に中村を憎んだ。「ふたりを乗せてくれないなら、歩いて帰ります」と、なぜ言えぬ。そう言えなかった中村を、憎み続けた。少なくとも植田なら、そうした。絶対にそうした。それには自信があった。

その後も、植田と中村は帰路を共にしたが、その黄昏時を境に、ますます無口になった。

随分、時間が経った。何かの加減で時折思い出すことがある。植田は今でもふたりを許してはいない。もちろん、中村のほうを、より強く。

キャデラックと甘藷

かなり昔の話であるが、私たちの週末の楽しみは、新しくできた国道に行くことであった。水田や桑園を潰して、新しい国道ができた。確かではないが昭和三十三年だと、記憶している。

村道に毛が生えたような程度の道しか知らない私たちにとって、新しい道は幅の広い美しい道であった。私は知らなかった。歩道というものを。しかも両側にあるのである。

道に驚いているのは、私に限ったことではなく、村の年長者にとってはなおさらであった。彼らは仕事の合間に三三五五、見物に行った。彼らは出来立ての道を強く踏み締めて、新しい感覚を足に覚えさせた。

私はいまだに年長者の驚嘆の言葉を覚えている。

「国はこんなでかい道を作って、どうする気なのだろうね」

驚いたことに一年もしないうちに、道の傍らに家が建った。まずできたのはガソリンスタンドであり、車の代理店であった。運転手目当ての食堂が、店を開いた。

四、五年もしないうちに、道の両側に家が随分とできて、両側の田畑が見えなくなった。冷静に考えれば、それだけ農地が潰れたことになる。

なぜ、週末にそこに行くかと言えば、車を見に行くのだ。農協は持っていたが、私たちの周囲で、車を持っている家は一軒たりとも無かった。強いて言えば隣村の肥料屋がオート三輪を持っているくらいで、しかも棒ハンドルであった。安定が悪いのか、運転技術が未熟であったのか、カーブでよく転倒した。十キロの肥料袋が道端に散乱した。

土曜日の午後は、東京方面から、著名な別荘地に向かって、高級外車がかなりの速度で通り過ぎる。時に、白バイ先導の車が疾走する。要人が乗っているという。

私たちはそれを見に行くのだ。西ドイツの黒塗りの高級車は、重量感があって見事である。頼もしくもあった。アメリカの派手な車が、これ見よがしに突っ走っていく。アメリカの車は、色彩が派手で、しかもトラックと見紛うほどの幅と長さを誇っている。別世界を見る思いである。威風堂堂としたピンクの車体を私たちは倦むことなく見送った。現在、キューバの光景が映像で映し出されることがある。時が止まったようなアメリカ産の車が、いまだ街中を闊歩しているのを見ると、その当時が、にわかに思い出される。

私たちはひたすら、外車が走ってくるのを待った。土曜日の午後は、主に東京方面に目をやり、日曜日の午後はその反対方面に視線を移す。車の排ガスが青空のように青く漂うことがあり、深呼吸をしてそれを吸い込んだりした。暗くなるまで、高級車を待ち続ける。

道の両側には、走る車を目当てに、葱や三波石と呼ばれる美しい石を売る店が、立ち並ぶようになった。秋になり、農民が葱を掘っていると、別荘地帰りの高級車が、滑るように止まった。まず帽子を被った運転手が降りてきて、少しして奥様然とした美しいご婦人が、後部座席のドアが開くのを待って、降りる。出てきたご婦人はゆっくりと農民に歩み寄ると、「この葱、おいくら」「一束千円です」「ああ、そう、では二束いただくわ。おじさん、ありがとう」。ご婦人は決まってサングラスを掛け、美しいスカーフを頭に巻いている。首には大振りの真珠が輝いている。ご婦人はこれまた大振りな財布から、真新しい聖徳太子を二枚取り出して、農民に手渡した。

ゆるやかなプリーツスカートを揺らし、綺麗なハイヒールを履いている。ハイヒールのそのあまりの美しさからくる違和感に、土を踏むのが惜しまれるほどだ。まるで『ティファニーで朝食を』の、オードリー・ヘプバーンを見る思いであった。京マチ子ふう美しい婦人は、若尾文子ふうの美貌の婦人は、やや癖があるが淡路恵子ふうの婦人は——、運転手にトランクに積むように命じると、ドアを開けるのを待たず、自ら開けて後部座席に座って、正面を見据えたまま、出発を待っている。

その当時だか、しばらく経ってだか失念したが、アメリカのカリフォルニアの海岸線を舞台にした若い男女の恋模様を明るく描いたドラマが、放映された。その中に必ず、派手な車が出てきた。羽毛が生えたようなオープンカーで、恋人とドライブを楽しむ。恋人は決まって金髪でサングラスを掛けており、その金髪には大きなリボンが付いている。男も金髪で、プレスリーのように、リーゼントに決めている。恋人たちは色とりどりの車を連ねて、夕焼けの海岸線を背にして、コーラを飲みながら、疾走する。ラジオのボリューム全開で、共に大型車が併走する。

ややあってその画面と同じような車が、私たちの眼前を走り抜ける。土曜日の午後は特にそうだ。ピンクや赤やシルバーのアメリカ車に、アメリカ人ではなく、アメリカの青年の猿真似のリーゼントに決めた黒髪の青年が――、金髪ではなく、スカーフにサングラスを掛けた、これまた猿真似の黒髪の小娘を助手席に乗せて――、別荘地へ急ぐ。日曜日の午後は、その男女が同じ支度で、他を圧するスピードで都会に帰っていく。私たちはその一部始終を飽くことなく、見続けた。

もうひとつの楽しみは、晩秋の河川敷にあった。土曜日、学校が半日で引けると、私たち気の合う三人は、急ぎ河川敷に向かった。まず何より一番の条件は無風であること。空を見上げながら確認すると、幸い今日は風が無い。新聞紙数枚、マッチ箱、時に小さなシャベルを持参して向かう。

三人は地面がごつごつしていない、砂地である所を選び、腰を据える。しかも人目に付かぬ所に穴を掘る。穴は鍋のような形にする。砂はさらさらと崩れやすいので、内側に石を大小組み合わせ、隙間なく、詰め込む。

形が出来上がると、燃えやすい枯れ草や枯れ枝を集める。多くは蓬《よもぎ》である。その次は甘藷を調達する。つまり、誰かが作った作物を拝借するのだ。平たくいえば泥棒である。三人にさほどの罪悪感はない。あたりに誰もいないのを見計らって、身を屈めて、畑に入る。

枯れ始めた蔓を早くひっくり返す。見定めた畝を掘り起こし、甘藷を手に入れる。砂地であるので、土が柔らかく、掘り起こしは、比較的楽である。ひとり、三、四本と決めている。

戻って、甘藷の砂を丁寧に叩き落とす。それを急拵えの、かまどの上に隙間なく並べる。新聞紙に火を付け、燃え上がるのを待って、蓬《よもぎ》をくべる。蓬はバリバリという乾いた音を立てて、激しく燃える。あたりに煙と共に、蓬の薬草のような匂いが、漂う。

たちまち、火力が落ちるので、蓬を追加する。再び綺麗な蜜柑色の火になる。手加減しながら、火の様子を窺う。あまりくべると、甘藷が炭になってしまう事を、既に三人は知っている。ある瞬間を過ぎると、蓬をくべるのを止め、焼けるまで、雑談をしながら待つ。異論を挟む者がおらず、和気藹藹として進むので楽しい。

頃合いを見て、炭になった蓬を外にかき出す。甘藷を砂の上に放り投げる。やや空腹で、長く待っていられないので、熱さを我慢して食べ始める。あまりに熱いのでふたつに割って、息を吹き掛ける。それでも熱ければさらに小分けして食べる。一本を食べ終わる頃には、程好い熱さになっている。三人が無言で頬張る口の中に、甘さが切なく拡がる。

誠に旨い。二本目を食べ終える頃には、いつしか熱意が冷めている。三本目はもうどうでもよくなった。

三人が食べ終えるのを待って、砂を掛け、平らにする。軽く踏み固め、均しておく。風のある日は、外車の見物、無風の一日は河川敷で甘藷を食す。そんな日々がしばらく続いた。

同期の桜

父は不機嫌そうに、帰ってきた。炬燵に足を差し入れるのももどかしい様子で、

「あの馬鹿野郎、戦争に行ったことも無えくせに『同期の桜』なんか歌いやがって、『同期の桜』は戦争に赴く人間の歌なんだ。戦争中、母親の萎びた乳を吸っていた奴なんかが、歌ってたまるもんか」

と、くだを巻いた。

父は村の集会から、帰ってきたのである。神社の神事が終わった後、酒と粗末な乾物や、焼いた目刺しを前にして、諍いになったことは、容易に想像できた。歌った男は、先の戦争の時、四、五歳であったろうから、父の持論からすれば、歌う資格が無い。

父は息子の私から見ても、狭量なところがあり、「ああ、歌っているなあ」というぐらいの広量で笑っていれば、その場は波風が立たず穏便に済んだものを、敏感に反応しすぎる

のである。父の、その場の孤独な姿が想像され、哀れで、悲しかった。

「今の人たちだって、仕事に命を賭けている人はいるのだから、『同期の桜』を歌ったっていいじゃないか」

と、私が言おうものなら、父はすかさず、こう言い返した。

「馬鹿野郎、会社に鉄砲弾が、飛んで来るかよ、答えろ」

「飛んでは来ないけれど、みんな嫌なことを、我慢して、生きているんじゃないかい」

「とにかく、あんな餓鬼が『同期の桜』を歌うなんて、許さない」

普段は温和な男であったが、このような類いの話になると、ますます、狭隘になって、取り付く島もない。

父の唯一無二の自慢は、徴兵検査の時の、甲種合格であった。それ以外の第一乙種合格、第二乙種合格、元より不合格の男を、事あるたびに、馬鹿にした。父は求められれば、戦争のことを隠さず話した。入隊した暴力団員の入れ墨を見つけ、「親からもらった大事な肌を、よくも汚したなあ」と、上官が入れ替わり立ち替わりして、履いていた革のスリッパで容赦無く暴力団員を殴り、半殺しにしたことや、真冬の中国の湖の上に戦車を停めて、そこに穴を開け、手榴弾を投げ入れ、魚を捕って食べた話などを、嬉々として話した。

私は、父に聞いた。

「兵隊は随分、殴られるんだって」

「殴られる、殴られる。毎日のようだ」

「痛いだろうね」

「そんなことは、決まっていらあ。口の中が切れて、血が吹き出すこともあるよ」

そして、続けた。

「でも、それも一年か、二年の新兵の時だけで、新兵が入ってくれば、そんなこともなくなる」

父はそんな悪弊も苦ではなかったらしく、淡々と話した。お給料ももらえたらしく、外に遊びに行き、酒を飲んだ話もした。女の話はさすがに、ぼかして喋った。内地の貧乏生活を思えば、軍隊は天国であったとも付け加えた。

映像で日本兵の残虐な行為が映し出された時、私は思い切って聞いた。すると、父は簡単に認めた。反省は見られなかった。

中国人の捕虜を時代劇の罪人のように磔にして、三八式歩兵銃の先に付け剣をして、差し殺す。これは一種の残酷な度胸試しで、突く兵隊が一瞬たりとも躊躇すれば、その兵隊は、立ち上がれないほど打擲されるので、兵隊たちは勢いよく突く。

「父ちゃんも、やったのかい」私は聞いた。

「当たり前じゃないか、しなければ、半殺しだ。ひとりの捕虜を、五、六人で突くんだけれど、始めがいいんだ」

「なぜなんだい」

「一番だと、血が全く付いていないから、綺麗なんだけれど、捕虜の眼がすごいんだ。だから、二番か、三番がいいな。死んでいるし、血もあまり付いていないし、二番がいいな。五番、六番となると、もう血だらけで、本当に嫌だった。どこを突いていいものか、本当に嫌だった」

父の話しぶりから、一度や二度ではなかったように思え、事実、そうであったろう。

父はこんなことも話した。

ある戦友が死んだ。しばらくすると、その戦友の姉が、訪ねてきた。弟の死んだ状況を聞きたいと言う。皆は、立派な死に方であったと、口々に褒めた。姉は満足して、安心して、営舎を後にした。

実はそうではなかった。兵士は疾走中、肥溜めに落ち、落命したのであった。中国の肥溜めは、日本のそれとは異なり、規模が大きく、背が立たないくらい、深い。一度嵌まれば、そこから抜け出しがたい。兵士は運悪く、そこに嵌まった。そんな実状を話すわけにはいかなかった。

父と同世代の人たちは、人も殺したかもしれず、殺されそうになったかもしれない。だから、父のように、弾の下をくぐった人間以外、『同期の桜』は歌ってはならないと言う人間がいても、許されるような気がしている。そして私は、宴会などの後、『同期の桜』を、突然、声高に歌う人を見掛けることがあるが、私はその輪の中に入ろうとはしない。父のように、非難もしない。静かに拍手をするだけに、留めることにしている。

横断歩道

道幅は、十メートルほどであろうか、私は左右を確認した後、横断歩道を渡った。ペンキが、一部、落剥している。あたりに、車が迫っている気配は無い。人影も見えない。拍子抜けするほど、静かである。道は二車線で、双方に歩道があり、双方の車道寄りに躑躅が、植えられている。適時に手入れがなされ、整えられている。躑躅の中に、銀杏が間欠的に植えられている。見上げるべくもなく、見れば定期的に手入れが施されているのが、見て取れる。

横断歩道を渡り終えて、私は少し迷った。このまま素直に家に帰ろうか、それとも少しどこかに寄っていこうか、結論を出せぬまま歩いた。漠然とした小さな気配を感じ、振り返った。見れば、自転車が眼前に迫っていた。私は意表を突かれた思いで、歩道の中央に、立ち止まった。

自転車の主は、紀子であった。紀子が迫ってきた。私は咄嗟に退いて、見守った。そうこうするうちに、私の傍らを、紀子の乗る自転車が素早く通過した。正面を見据えて脇目も振らず、私を無視するかのように、もっと言えば、見てなどやるものかという気迫が、見て取れた。紀子の矜持の表面の一端を見る思いがした。紀子はそのまま、走り去るものと思えた。私は立ち尽くして、紀子を見送る体勢を取った。やがて、私の視界から、紀子が消える。そんな像が脳裏に浮かんだその時、異変が起きた。しばらく自転車を走らせていた紀子が、突然、ペダルを踏むのを止め、急ブレーキを掛けた。向きを変えて、私に向かって来た。私は紀子を見送ったままの姿勢で、紀子が迫ってくるのを待った。いろいろ想像を巡らしながら。

引き返した紀子が、私に一瞥をくれた後、まずしたことは自転車の方向転換であった。用事が済めば、すぐにでも、帰る支度を整えておきたい心積もりが、見て取れた。後輪のスタンドをもどかしそうに立てた後、紀子は近づいて、私を再び一瞥した。普段の優しさは、かけらも見られなかった。紀子はこう言った。

「私より、いい人を見つけてください」

私は呆然とその言葉を、聞いた。紀子ほどの女性が、なんと陳腐なことを口走るのであろう。私は少なからず、がっかりした。

私の表情に物欲しげな態度が見えたのか、紀子はまばたきひとつせず、私を見据えた。思いがけない機会であるので、この際、これだけはなんとしても言っておこうという決意がみなぎっていた。それだけ言うと、早くも私に背を向けて、歩き出した。すぐさま、五、六歩先のハンドルに手を掛けた。スタンドを足で跳ね上げ、サドルに尻を据えた。紀子はゆっくりとペダルを、踏んだ。何か、思いを噛みしめているようであった。

自転車は、一気にスピードを上げるものと思いきや、ゆっくりと去っていった。これ見よがしに見えた。紀子の背中は、私が紀子を呆然と、物欲しげに見送っているのを、十分に承知している後ろ姿であった。

紀子の背中は饒舌に物語っていた。こんな瑣末な男のために、一気にスピードを上げなければならない理由がどこにある。ここは意地でも、ゆっくりと去らねばならない。ようやく厄介な事柄から、解き放される喜びが、紀子の背中全体に表われていた。紀子の背中は、こうも訴えていた。あなたごときの男が、私に好意を寄せるなんて、一瞬たりとも許せない。これで訣別できる。指ひとつ触れさせていないのだから、訣別は適切な表現ではないかもしれない。紀子の背中は、明らかに、勝利に酔っていた。だから、見せびらかすようにゆっくり走っているのだ。いかに鈍感な男でも、それくらい分かるであろうと。

紀子の視界の先に、大通りとの交差点があった。紀子は、そこを右折するはずだ。そこで紀子は必ず見る。私を見る。百パーセント見る。必ず見る。私には自信があった。紀子はゆっくり交差点に、差し掛かった。私の胸は高鳴った。私は、遠く、紀子を凝視した。凝視し続けた。紀子は思った通り、私を一瞥した。そして直ちに視線を、正面に据えた。紀子の視線は依然として、勝ち誇っていた。紀子は私を冷笑しているように見えた。憫笑とも思えた。憫笑であろうか。

紀子の姿は、その直後、ブロック塀に遮られ、私の視界から消えた。

白い米

小学校の修学旅行は、江の島、鎌倉であった。月末に茶色の紙袋に金を入れ、ランドセル奥深くにしまい、学校に持っていく。集められた金は、すぐそばの農協に、預けられた。それは一年間、続けられた。

旅行日が近づくと、老女教師が習いたての下手糞なオルガンで、『鎌倉』という歌を何度も繰り返し演奏した。いやが上にも旅行への思いが募った。歌の中にある古刹、建長、円覚を自然に覚えた。

児童は約六十人で、教師ふたり、ＰＴＡ会長が付き添った。それに運転手、バスガイドである。あらかじめ決められた座席は、補助席もいっぱいに使い、横一列、六人で「すし詰め」という言葉が、よく似合った。

開けた窓から、排ガスが容赦無く入り込んだ。たちまち、気持ち悪くなる児童が現われた。用意されたバケツが直ちに回され、バケツの中の包んだ新聞紙の上に、咳き込みながら吐いた。背中が、波打っている。隣の児童がたまりかね、教師の指示もあって、必死にさする。それを見ていた児童が気持ち悪くなり、釣られて吐いた。

急坂に差し掛かると、バスガイドが懇願を装い、こう言った。

「お願いがあります。なんだ坂、こんな坂、なんだ坂、こんな坂と言って、励ましてくれないと、バスに力が無いので、坂を上がれません。いいですか。お願いします。運転手さんからも、お願いしてもらいます」

そして、持っていたハンドマイクを差し出した。運転手も笑いながら、

「たのむよ」と言って、それに応えた。

児童はひとり残らず、大声で歌った。車内は必死な声の大合唱となった。坂を上がり終えると、

「ありがとう。おかげで上がれました」などと言って、感謝の言葉でねぎらった。バスガイドは、なかなかの、役者であった。

建長、円覚の見学の頃には既にくたびれており、説明は上の空であった。堅い粗末な座

席に座り続けていたので、尻の痛みがやたら、気になった。名刹も単なる古寺に過ぎなかった。

頼朝の墓を見た。護良親王の幽閉された祠を、金網越しに恐る恐る覗き込んだ。鎌倉大仏を一巡した後、記念写真を撮った。大仏様は随分、猫背であると感じた。もちろん、八幡宮に拝礼した後、大銀杏をしみじみと見上げ、ごつごつした木肌に触れもした。

江の島では、小さな美しい桜貝を土産に買った。それと共に、のこぎりのようなぎざぎざの形の一口羊羹を買い求めた。灯台にも登った。水族館ではクラゲが何より美しく、幻想的であり、立ち止まって見入った。

イルカが飛び跳ねていた。演技が終わると何かもらっていたが、気の毒に思えてならなかった。捕獲さえされなければ、こんな人間に媚を売らずに済んだものと、真から同情した。それを聞きつけた担任が、もっと素直になりなさい、と注意した。私はそれに不満を感じた。

泊まった旅館は東亭といい、海岸のすぐ近くにあり、ひねもす潮騒が聞こえた。うるさいほどであった。江の島の灯台の明かりが間歇的に夜の窓を射した。児童たちが敷かれた布団の上で、戯れているると、別室で飲食を共にしていた教師ふたりと、ＰＴＡ会長が入ってきた。男の教師と会長は明らかに飲酒しており、ふたりとも赤ら顔であった。足元のままならないＰＴＡ会長が布団の角につまずいて、ひとりの児童の足の上に尻もちを付いた。私の親友であった。くるぶしに激痛が走り、しばらく立ち上がれない。布団の上で、うずくまっている。旅行中、痛みは続いたようだ。

帰りはまず、横浜港をバスの中から見物した。何より驚いたのは、見たこともない外車が至る所に走っていることや、港を闊歩する若い美しい女性のハイヒール姿だった。私はその光景に魅了された。別世界を見る思いで、それを見た。

できたばかりの東京タワーの展望台に上った。バス酔いでバケツの中に絶えず吐いている児童数人はその気力はなく、ベンチに座って待った。銀色の東京タワーの模型を買い求める児童もいたが、私は見るだけに留めた。

朝日新聞社を見学した。中年の美しい案内の人の、見たこともない高いハイヒールの後に付いて、一巡した。輪転機が回る部署では、下着一枚で油まみれの、数多の作業員が、蛇のようにうねりながら次々にやってくる新聞紙を束ねていた。流れてきた一枚が、意識的に折られてあった。ひとりの作業員が、私たちに尋ねた。

「何枚に一枚が折ってあるか、分かるかい」

作業員は、見物に来た田舎の児童に、同じ質問をしているに違いなかった。黙っているのが礼儀であるので、黙っていると、

「五十枚に一枚が折ってある」

と教えてくれた。

帰りに、ビニールに入った二本入りの黄色の鉛筆を案内の女性が手渡してくれた。

次は渋谷でプラネタリウムを観た。席に着き、暗くなると疲れている身体は、たちまち眠くなった。我慢できずに、うつらうつらしてしまった。

次に勝鬨橋の開閉に、見入った。午後三時がその時刻であったと思う。よそ見をして騒いでいると、なぜか、運転手が強く私たちを叱った。勝鬨橋はゴッホの絵の跳ね橋を思い出させた。橋はゆっくりと目弛っこしいほどゆっくりと上がり、垂直になった。

走るバスの中で、ゆっくり暮れる大都会を眺めていると、妙に感傷的になった。いつまた大都会に来られるであろうか、私には大都会は無縁であるように思えた。

時として修学旅行を思い出す時、最も忘れがたい思い出がある。旅館に着いた直後、すかさず仲居が部屋に入ってきて、米を差し出すことを促した。児童はおのおの日本手拭いを縫った袋に、米一升を持参していた。

美しい米、青米が混じっている米、半分に割れている米、妙に色の黒い米などが次々にザルの中におさまり、たちまち山盛りになった。その中で最も美しく粒の揃った米は、農業を生業としていない唯一サラリーマンの家庭の米であった。私はその現実を、つぶさに見た。

勲　章

水かさが増した堀や溝に足を滑らせ転倒し、流されて、心肺停止で発見され、救急車で運ばれて、結局は病院で死ぬ。激しい風雨の中、そこに行ったところで、どうにもならない状況を本人自ら十分に承知しながら、吸いよせられるように水田や畑の状況を見に行く。見に行ってしまう。家族の危惧に、聞く耳を持たない男は、隠れて出掛ける。ぬかるんでいるのを百も承知しながら、畝間に足を踏み入れる。家族の危惧は当たってしまう。その行為は後を絶たず、繰り返され、映像に映し出される。同情よりもむしろ、冷笑の対象となる。

台風が間近に迫っていた。映像がその緊迫感を伝えていた。村山は旅館で同級生と机を並べて話し込んだ。初めは農業全般の話であったが、いつしか、その話に及んだ。村山は、同級生も同じ意見であることを、寸分も疑わなかった。一も二もなく同意するものと思われた。だが、意外な反応を示した。

「そんなことは、ないよ。俺は立派な死に方だと思うよ」

「なんで?」

「だって、見に行く、ということは、それだけ農業に真剣に向かい合っている証拠じゃないか」

「そんなことはないよ。第一死ねば、人に迷惑を掛けるじゃないか」

「それはそうだけれど、そんなくらいの迷惑は、皆している。雪山の遭難を見ろ。夏休みの水難事故を見ろ。あいつらは、勝手に出掛けているんだ。日々の救急車の出動を見てみろよ。消防署にそれはそれは、つまらないことで、電話する奴がいるそうだ」

「本当にそう思っているのかい」

「そう思っているよ」

お互いの意見を覆すことは、不可能に思えた。口論寸前になったので馬鹿馬鹿しくなり、村山は口をつぐんだ。熱くなるには年を取り過ぎていた。

話し込んだ半年ほど後、その地方に大雪が降った。百歳の老人も経験せぬほどの、大雪

料金受取人払郵便

新宿局承認

2525

差出有効期間
2025年3月
31日まで
（切手不要）

郵便はがき

1 6 0-8 7 9 1

141

東京都新宿区新宿1－10－1

(株)文芸社

愛読者カード係 行

ふりがな お名前			明治 大正 昭和 平成 年生 歳	
ふりがな ご住所	□□□-□□□□		性別 男・女	
お電話 番 号	（書籍ご注文の際に必要です）	ご職業		
E-mail				
ご購読雑誌(複数可)			ご購読新聞 新聞	

最近読んでおもしろかった本や今後、とりあげてほしいテーマをお教えください。

ご自分の研究成果や経験、お考え等を出版してみたいというお気持ちはありますか。

ある　ない　内容・テーマ（　）

現在完成した作品をお持ちですか。

ある　ない　ジャンル・原稿量（　）

書　名			
お買上 書　店	都道　　　　市区 府県　　　　郡	書店名	書店
		ご購入日	年　　月　　日

本書をどこでお知りになりましたか?
1.書店店頭　2.知人にすすめられて　3.インターネット(サイト名　　　　)
4.DMハガキ　5.広告、記事を見て(新聞、雑誌名　　　　)

上の質問に関連して、ご購入の決め手となったのは?
1.タイトル　2.著者　3.内容　4.カバーデザイン　5.帯
その他ご自由にお書きください。
(　　　　)

本書についてのご意見、ご感想をお聞かせください。
①内容について

②カバー、タイトル、帯について

弊社Webサイトからもご意見、ご感想をお寄せいただけます。

ご協力ありがとうございました。
※お寄せいただいたご意見、ご感想は新聞広告等で匿名にて使わせていただくことがあります。
※お客様の個人情報は、小社からの連絡のみに使用します。社外に提供することは一切ありません。

■書籍のご注文は、お近くの書店または、ブックサービス(0120-29-9625)、セブンネットショッピング(http://7net.omni7.jp/)にお申し込み下さい。

であった。量は凄まじく、玄関の戸がなかなか開かない。仕事にならず、雪が解けるのを待つよりなかった。

村山の所有する長さ五十メートルのほどの農業用ハウス二十棟が、見事にことごとく倒壊した。無傷だったのは家近くの一棟だけであった。村山が茫然自失し、ハウスを見上げている頃、友人も空を見上げていた。友人は天気予報にくぎ付けになった。友人は勝負に出た。友人は家族と相談などしなかった。葱が高値になると踏んだ友人は、雪が降り続いているにもかかわらず、葱を掘った。家族総出で掘った。パンをかじりながら掘った。可能な限り、掘り続けた。物置をいっぱいにした。息子に有無を言わせず有給休暇を取らせた。農業に冷淡であった息子も、呆れながらも従った。

箱の重さ込みで五・五キロ以上のダンボール箱を二百作った。中には葱がびっしりと詰まっている。

軽トラック二台で息子とふたりで、市場に向かった。シートで厳重にダンボール箱を包んでいたが、数度の確認を惜しまなかった。万が一を考えてスコップをそれぞれの隣に置いた。まずは可能な限り、大通りを進んだ。先頭は道慣れた友人であり、息子がそれに続いた。それは間違った判断ではなかった。いったんできた轍《わだち》の上に、雪の層がいくつもできており、盛り上がっている。道と畑の境目が判然としない。注意深くゆっくりと進むよりない。突然、クラクションが鳴った。見兼ねた倅が走ってきて先導を提案したが、断った。脇道に入ると轍は雪に隠れ、畑と道との境目が、さらに判然としなくなった。対向車が来ないことを、切に願った。幸い対向車は来なかった。

ようやく、市場に着いた。辿り着いた思いがした。市場に入った瞬間、友人の狙いは見事に外れたのを、友人自身思い知った。思いの外、出荷者が多いのである。表現はいささか正確さを欠くが、ごった返している。普段、見掛けぬ顔も随分と見える。家族総出で、荷を降ろしている。思いは皆同じであったのだ。知り合いと、お互いに微妙な笑いを交わしたりした。

スレートの大屋根がずれたり、欠けたりしており、水滴が下のコンクリートに落下して、あたりは水浸しである。水滴を避けて、葱を木製のパレットの上に移す。再三屋根を気にしながら、葱をパレットの上に置く。

帰り路を大通りにするか、農道するか、迷った挙句、農道を選択した。農道には轍は見えない。進む正面前方ずっと見えない。より慎重な運転が求められた。再び倅が、先導を志願した。同級生の矜持は傷ついたが、譲った。

ゆっくりと進んでいくと、正面にトラックが見えた。お互いに譲り合い、徐行して、左側いっぱいに避けた。このあたりはまだ道路であろうと、不安を感じつつ、ブレーキを併用して運転を続行した。すると、前輪が滑り、すうーっと、コンクリート製の蓋の無い堀に、はまってしまった。ブレーキを掛けた瞬間、後輪もあえなくはまって、身動きが取れない。同級生はようやく、傾いた軽トラックから、車外に出た。

ふたりは途方に暮れた。前方の雪加減を見ればこのまま車で進むことは、危険だ。もう一台の軽トラックも置き去りにして、家まで歩くことに決めた。十キロほどを歩かねばならない。雪はいまだ膝の上まであった。一歩一歩に力を込め、慎重に歩いた。慣れぬ雪道は、たちまち疲れた。長靴を通して、寒さが否応無しに伝わる。指先が特に寒い。凍えるようだ。感覚が麻痺しそうである。

村山は友人のその状況を聞きながら、

「死を思ったか」

と尋ねた。

「それは無かった」と、答えた。だが、友人はこうも言った。

「あの時、野垂れ死にしても、よかった」と。

そして、信じがたいことを口にしたのである。

「それが、百姓の勲章さ。そうは思わないかい」

同意を求められたが村山はもちろん否定した。村山は思わずにには、いられなかった。

友人が冗談ではなく、本当にそう思っているなら、百姓の勲章はなんとつまらぬ勲章であると。

手ぶれ

向こうから若い男女が、歩いてきた。ふたりは腕を組んではいないが、冬のオーバーコートの肩先が、歩く度に触れた。仲のよいのが知れた。私は道を譲るべく、右に逸れた。その時、ふたりが歩みを止めた。私を見ている。私も自ずと、歩みを止めて、ふたりを見た。何か迷っているふうである。

「すみません。シャッターを押していただけませんか」

若い女性が、私に話し掛けた。

恐れていたことが起きた。前にもあったがこのような時、私は、ことごとくその役を他の人に譲って、その場を逃れ、安心したものだ。私はあたりを素早く見回した。誰もいない。万事休すである。

男の胸元には高級そうなカメラが、ぶら下がっている。私は観念して、ふたりに近づいた。ふたりはにこやかに、幸せそうに私を迎えた。そんなふたりを見て、私はつい凡庸な質問をしてしまった。

「新婚旅行ですか」

「はいそうです」と、ふたりはにこやかに嬉しそうに答えた。

男が胸元のカメラを私に手渡した。ふたりは江戸時代の日本橋の風景を背に、ポーズを取っている。

「俺はカメラが苦手で、ぶれるかもしれませんよ。それでもいいんですか」

と、私はなおも念を押して、抗った。

「いいです」と、男は即答した。

私はなおもあたりを見回した。誰もいない。私はふたりを見た時から直感で、この光景を想像していた。だから、大仰に道を譲ったのだ。

私は手ぶれを恐れて、シャッターを二度押した。さすがに三度は、遠慮した。そんなことをしたら、この場の雰囲気がたちまち崩れてしまう。

私はカメラを男に戻した。ふたりは軽く会釈して、立ち去った。恐らく二枚とも手ぶれがひどく、写真としての価値は損なわれていたであろう。

あれから随分年月が経ったが、いまだにその光景が目に浮かぶ。結果が気になってならない。

殺意

朝礼が始まるので、私たちは一列に並んだ。小学四年生であったので、列は真ん中あたりである。

私は背がひときわ高かったので、列の最後方である。校長が訓戒を垂れる直前に、担任の女教師がゆっくりと近づいてきた。そして突然、私の肩を軽く叩いた。私は振り返るでもなく、そのまま前を向いたまま、校長や教師を見ていた。担任は突然、

「独活《うど》の大木」

と、私を罵って、冷笑して、立ち去った。私は言葉の意味を的確には解釈しかねたが、悪口であることは十分に知れた。周りの同級生が、その悪口を聞き逃すはずはなかった。普段であれば秘されたが、それは水脈のように喧伝され、いざこざがあれば悔し紛れに、「独活の大木」と囃し立てた。同級生の私に対する視線は、「独活の大木」と、事あるたび

に嘲笑しているように見えた。

私はそれ以来、独活を食したことは、一度たりとも無い。天ぷらや、酢味噌和えが出たりすると、箸で隅に追いやり、一切手を付けず、ほったらかしにした。

いかに目障りな愚鈍な児童であったとしても、一応、担任なのだから、良いところを無理にでも見つけ出し、積極的に褒めるのが、仕事ではないだろうか。

教師にはもうひとつ悪癖があった。一年間というもの毎日、昼飯時になると、新聞紙に包まれた弁当箱を開けて食べている児童の間を、ゆっくりと歩き回り、何を食べているか、念入りに覗き込み、確認を怠らない。米よりも麦が多く混じったご飯に貧しいおかずの私は、その愚劣な行為を、この上なく憎んだ。何のためにそんなことをするのか、理解に苦しんだ。おかずに窮した親たちは、ひよこを買い求め、庭の隅に小屋を立て、卵を産ませ毎回のおかずの足しにした。

穴の空いた靴下の隙間から手指を突っ込み、足股をかいている児童を、目ざとく見つけると、

「まったく汚いんだから、早く外で洗ってきな」

と、乱暴な言葉遣いをして、見るからに忌々しい態度で、児童を外に追いやった。

またある日、女教師は、教科書の詩の一節を、帳面二面に書き写させ、それを廊下いっぱいに二列に並べさせた。その後、字のうまい者三人、下手な者三人を小さな紙片に書かせ、黒板に正の字で発表させた。

私は、他を圧する見事な、下手な字を書いた。数時間もすると、自分でも判別しかねるほどの下手さ加減で、まるでミミズのぬたくったような字であった。結果は見えていた。私は嫌な暗い感情を胸に秘めて結果を待った。私は圧倒的下位で、下手な児童に選ばれた。満票に近かった。私は深く傷ついた。思えば「独活の大木」の後であったので、私に対する嫌がらせではないかと、疑った。

私は激しく、女教師を憎悪した。私は女教師を憎んだ。次第に私は、女教師に殺意を感じるようになった。人を殺めれば、家族に累が及ぶ。それはなんとしても避けなければならない。まずは我慢することだ。

私は独身を貫いた。幸い兄弟はいなかった。私は両親の死を待った。ようやく、それは叶えられた。一応、障壁が除かれたことになった。

だが、困ったことが起きた。女教師が結婚したのである。相手も教師で、再婚で、子供がふたりいると、聞いた。結婚式に招待された同僚の話では、真っ暗な会場の扉が開け放されて、新郎新婦にスポットライトが当たった瞬間、女教師は、ウエディングドレスの裾を大きく持ち上げたそうだ。そこには五十を過ぎた、年老いた処女の青い血管と惨めなほどの細い向こうずねが、大股で、露わになっていた。

子持ちの新郎は露骨に嫌な顔をした。新婦は平然と笑っていた。招待客は、そう遠くない時期に離別するであろうと、心ひそかに想像した。やはり、ふたりは半年を待たずに、離婚した。申し込んだのはもちろん男であったが、もしかして、女教師が裾を大きく持ち上げたのは、心ひそかにそれを期待しての行為であったのかもしれなかった。

再び障壁は無くなった。

私は金物店で、一刺しで殺傷できる長い柳刃庖丁を買い求めた。逮捕されて、「殺意はあったか」と尋問されたなら、無かったとは言わない。

「あった」と答えることに、決めている。

アルバム

蒲鉾形の農業用ビニールハウスに入り、胡瓜の無駄な枝の剪定作業をしていると、ふと異変に気付いた。歩を進める先に、いくつもの煙草の吸殻が、散乱している。男も煙草を吸うが、吸い口が異なる。男の物は白であるが、捨ててある物は茶色である。もとより畑の中に、吸殻など捨てはしない。畑の中は農民にとって神聖な場所と、男は心得ている。急ぎトラックに戻り、ビニール袋を取り出し、新しい軍手をはめて戻った。自分の物ではなく、誰の物とも知れぬ吸殻を拾うのは、なんとも忌々しく、屈辱的ですらあった。

季節が幾分暖かくなってきたので、昼間はもちろん、夜間も空気を動かし、温度を下げ、湿度と病気を減少させる意味からも、ビニールハウスの側面を開けたままにしておいた。

吸殻が散乱していた理由は、ふたつ考えられた。ひとつはドアを開けて、面白半分に入り込み、喫煙を楽しんだ。もうひとつは、側面から投げ入れたのである。それにしては、量が多過ぎる。踏み固められた地面から推測して、一人や二人ではないように思えた。どちらにしても、嫌な気分が澱のように残ったままであるが、長い間にはそんなこともあると、無理にも心の均衡を保とうとした。忌々しい気分は、作業を続けるうちには減ぜず、その日、作業が終了する夕刻まで続いた。

収穫はそれほど多くはなく、多量に熟するまでには時間があったので、適時、側枝を切ればよく、収穫の後、毎日同じハウスに入る必要は無かった。だから、次の棟、その次の棟と移って作業をした。

ハウスの数は十五棟あり、すべてが単棟で一棟の長さは平均五十メートルである。ハウスの幅は四メートル五十センチである。棟と棟との間を二メートル空けてある。暑くなってからの、風通しを良くするためである。一棟の中に、出入口から見て、畦をふたつ左右均衡に計って作る。マルチという薄いビニールを敷き、温度を保つように心掛ける。マルチの中に潅水チューブを敷いて、水の調節を計る。畦に穴を開け、千鳥に（互い違いに）、一メートル間隔に胡瓜苗を植え付ける。歩行は真ん中と、左右である。それをふたりで見守り、管理するのである。
四、五日して、初めのハウスに戻った。嫌な気持ちはだいぶ薄らいでいたが、入る瞬間、思わず身構えてしまった。見ず知らずの人間の煙草の吸い口の、べとべとした感覚がにわかに蘇った。軍手をはめて吸い殻を拾った、不愉快で惨めな姿も蘇った。
ふたり差し向かいで一本一本胡瓜の発育状況や、病気の有無を丹念に見て回る。側枝を鋏で切りながら、五十メートルほど進んだ頃、つまり、折り返しのあたりに近づいた時、不安は的中した。多くの吸殻、パンを包んでいたセロハン紙の屑がこれ見よがしに、散らばっているではないか。こんなこともあるのではないかと思い、あらかじめ用意しておいたビニール袋をポケットから出し、腰をかがめ、それらを拾い集め、袋に入れる。何か恨みがあって、嫌がらせをしているのであろうか、それとも休憩をたまたまここで取っていただけなのであろうか、足跡がくっきりといくつも残っている。忌々しそうに男は足跡を消した。農作業を日没まで続けたが、その間中、不快な気分が続いた。

暑さが増すに従い、日一日と樹勢が増し、収穫量が増えた。朝、四時に起き、ハウスの傍らにトラックを止め、朝飯をそこで済ます。初めのうちは前日に用意しておいたが、次第に時間が惜しくなり、コンビニで求めるようになった。

そうこうするうちに、東の空が白々としてくる。好みのラジオ番組を聴きながら、ふたりとも無言のまま、胡瓜切りを専らとする。胡瓜切りをできうる限り、早く終えたい。ふたりとも、ただただその一念である。六月七月の十一時十二時ともなれば、耐えがたい暑さと湿気が待っているが、四月の中旬頃までは、収穫量も少なく、暑さや湿気も我慢の範囲内である。収穫が終われば、直ちに自宅に戻り、作業所で選別をして、集荷所に持っていく。午前中にすべてが終われば御の字である。思わず溜息をついてしまう。

昼飯の後、午睡を楽しむ。至福の時である。午睡を前に、頭まで水槽に突っ込み、水道の水を思いっ切り出しっ放しにして水風呂を楽しむ。そんな時缶ビールを飲めと盛んに勧める年長者がいたが、それは控えている。その男はそれが祟ったとは思えぬが、しばらくして脳溢血を発症して、半身不随になってしまった。

涼しくなるのを待って、農作業を再開する。その繰り返しが四月から七月上旬まで続く。塵が散乱していた日から、二十日ほどが経った。

いつものように、午後の仕事のためにハウスに向かった。ハウスとハウスの間の通路を走るトラックの窓から、目をやった。人影が見えた。五十メートルほど先のハウスの傍らである。車から降りるのももどかしく、足早にそちらに向かった。妙な緊張感と、パン屑や吸殻が頭をかすめた。

ブロックを尻に敷き、四、五人が車座になって、パンを食べながら煙草を吹かしている。手慣れた風情を装って、煙草を指先に挟み、全員が吹かしているが、戸惑いが見える。明らかにそう長くは体験していない様子のひとりの若者が、男に困惑の視線を向け、たちまち、そらした。

「高校生か」

高校生たちは全員が沈黙を保っている。男は再び強く問うた。高校生は仕方なく頷いた。彼らは男と視線が合うと、身構える態度を取った。その上彼らは、逆に男に、何しに来たのだと、上目遣いに不満を表白しており、おのおの会話が中断されたことに露骨な不服を見せた。

今時、煙草ぐらいで高校生をとがめる気持ちなど、男には毛頭ない。だが、自分の畑に勝手に闖入して、散らかしたセロハンや、吸殻をそのままにしたまま、退散されたのではたまったものではない。男はそのことに怒っているだけだ。農地は農民にとって限りなく神聖な場所である。それに気付いていない。

尻に敷いたブロックを元通りに戻し、塵や吸殻を片付けさえすれば、こんな男たちと、いささかでも関わりたくないのだ。それさえしてくれれば見逃そうと、端から決めていた。ただただ関わりたくない。一刻も早く去ってくれ、一にも二にも、この気持ちであった。

立ったまま片付けもせず、謝罪もせず、立ち去ろうともしない高校生に苛立った男は、つい凡庸な質問をしてしまった。

「ここで何をしていたんだ」

男はなおも彼らを怒らせないように極力静かに聞いたつもりであった。馬鹿ほど怖い者はない。全員が立ち上がって男を見ている。嫌な挑発的な目付きで、男を見ている。

「見れば分かるだろう」

と、中心と思われる男が吐き捨てた。男たちの目付きは、一歩も引かぬ戦闘的なものに変わっていた。馬鹿な愚鈍な小生意気な若い男たちは、お互いに意識してのっぴきならぬ態度を取った。誰かがひとり、男に飛び掛かれば、取っ組み合いの喧嘩になる可能性が十分にあった。

男の態度も、急変した。この小生意気な態度をほったらかしにはできない。正義感からではない。寛容で臨もうとしていた男の心を、小生意気な態度が一変させたのだ。

「人の畑で何をしているんだ、と、聞いているんだ」

「まあ、まあ、気にしない」

と、中心と思われる男が、無礼な口元を崩さないまま、言った。あえて強がっているのは承知していたが、舐めた口の利き方は、男の怒りの火に油を注いだ。怒りは抑えがたかった。一方、男は冷静でもあった。こんな馬鹿と喧嘩をして、命を落とすことはないだろう、怪我をしてもつまらない。

「塵を片付けて、早く立ち去れ」

男は高校生を見据えた。その時、彼らにも彼らなりの判断が生まれたようだ。高校生はようやく帰ろうとした。

「塵を片付けてからにしてくれ」

彼らは不承不承戻った。おのおの拾って帰っていった。

このような生意気な目付きや態度は、いつの時代も若者の特権であるが、それを示威する場所がいささか違うのではないか。こんな場所で、こんなつまらないことで、やがて失う特権を振りかざしてどうする。

仕事に戻っても、男の腹立たしさは消えず、怒りで仕事に身が入らない。ふいに学校の対応を見てみたい衝撃に駆られた。直ちに電話することにした。呼び出しの音の数秒後、拍子抜けするほど早く応対の声がした。

簡潔に用件を述べ、現場を見てほしい旨を告げた。話は直ちにまとまり、幹線の傍らの食堂の駐車場で待ち合わせることとなった。待つことしばし、ふたりの男が車で現われた。運転している男が生活指導を担当しており、助手席の男が教頭であるとのことであった。ふたりは男に名刺を手渡した。

待ち合わせた場所から現場までは、五分とかからない。すぐさま、出発した。普段、男があまり通らない道を案内した。始めは比較的広い道が続いたが、急に狭隘な道に変わった。樹木の葉が、車の側面をこすり続けた。

現場に着いた。地面が踏み固められた現場を、男は指差した。教頭があたりを一瞥した

後、

「なるほど、いい所を見つけたものだなあ」

と、独り言のような、同調を求めるような、脳天気な言葉を首を巡らしながら呟いた。生活指導の教師も、教頭に阿《おもね》るように頷いた。

「のんきなことを、言いやがる」と、男は言葉には出さぬが、少なからず憤慨した。ふたりは自分たちの学校の生徒であるかどうか測りかねており、確認の意味もあり、いろいろなことを男に尋ねた。ふたりの教師は可能ならば、自分たちが勤務する学校の生徒でないことを露骨に願っており、真剣さに欠けた態度を示し続けた。男はその態度に腹が立った。なおも多くは関わりたくない風情が、垣間見えた。だが彼らもやっと観念したのであろうか、教頭が目配せをした。すると、生徒指導の教師が車の助手席に歩み寄り、時を移さず戻った。何かを手渡している。教頭はぱらぱらと、二、三度めくり、男に差し出してこう言った。

「この中に、いるかもしれませんから、よく見てください」

「はい、分かりました。丹念に正確に見ないといけませんね」

男は意図して、言葉遣いを丁寧に、阿るように、呟いた。ふたりの男の反応を窺うためであった。しかし、故意にそうしているのかもしれないが、ふたりともなんの反応も示さない。

アルバムの顔は、どれも同じように見えた。一度目を見終わり、元に戻し、もう一度、より丁寧に頁をめくった。指名しようとするが不安が残る。確信が持てない。だが、ふたりの反応を確かめなければならない誘惑にかられた。男は迷った挙句、「あえて」と前置きして、こう言った。

「もしかして、この生徒かもしれない」

男はアルバムの生徒の写真の上に、指を軽く置いた。もちろん、指紋が付くほどではない。それを見届けた教頭はすぐに反応した。

「そんなはずはありません」

「なぜです」と、男はすかさず問うた。

「この生徒は、クラスで一番の成績で、真面目ですから」

「真面目で成績が一番だと、悪いことはしないと言うのですか。第一、裏の顔だってあるでしょう」

「それはまあ、そうなんですが」

と、曖昧な返事をする。

「猫を被っていることだって、あるよ」

と、男はさらに追撃を試みた。

「彼がこんな所で、放課後、遊んでいるとはとても思えない」

と、生活指導の教師も、すぐ尻馬に乗って、教頭の顔を窺った。

「成績が良いからといって、先入観で、人を見てはいけないよ。先生。それでは成績の悪い奴が、浮かばれないじゃないか」

「いや、この生徒に限って、そんな男ではありません。とにかく真面目です」

教頭は自分の説を曲げようとはしない。

「先生、人は見掛けによらないよ。あの声で蜥蜴食らうか時鳥、だってあるよ」

男はやや諧謔的な物言いをした。冗談めかしで言ってはいたが、怒っていた。もう何を言っても無駄のように思えた。

男は同級生のひとりを思い出していた。その男はアルバムの生徒同様成績も良く、何よりも如才無く振る舞った。先生にどうすれば褒められるか、十二、三のその年で勘所を既に心得ており、それは呆れるほど、見事であった。他の生徒の手柄を平気で、横取りした。それを何度も、繰り返した。その男は教師の目が届かぬ所、例えば職員室に待機している時などは、平気で弛緩した態度を取った。教師が現われた瞬間、満面の笑みで阿った。それすら見破れない教師の能力に疑問を持った。今から思えば、教師は見て見ぬ振りをしていたのかもしれなかった。今も苦い思い出である。

「もう一度、見てもらえませんか」

教頭は男を促した。その態度は儀礼的に見えた。もう一度、確認してみたい誘惑にかられたが、やめた。無駄に思えた。徒労の思いが強かった。男は断った。

ふたりは現場に背を向けて、車に歩み寄った。そして、ゆっくりと帰っていった。

男は、昔と少しも変わっていないんだ、と、声を出してみようかとも思ったが、やめた。五十を過ぎた男が、そんな当たり前のことをいまだ分かっていないのかと、嘲笑されそうな気がしたので、やめることにしたのである。

戯れに

若い頃から、よく夢を見た。その中に墓地の夢も多く含まれた。真夜中の真っ暗な墓の中から、人々が一斉に現われ、「まだ早い、まだ早い」と、掌を勢いよく外に向けて、何度となく動かして、私を追いやるしぐさをしている。墓地の夢を見る時は、いつも同じ光景が繰り返された。まだ死ななくてもよいのだと判断して、安心して、深い眠りに入った。

健康を誇った丈夫な身体も、病気の箇所が見つかった。完治せぬうちに、ひとつ増え、ふたつ増えした。さほど気にも留めず、同様の生活を繰り返した。そんな時、墓地の夢を見たが、「まだ早い、まだ早い」というしぐさで励まされた。安心して寝入った。むしろ、励ましは一段と力強くなり、それまで無かった祭り提灯が、数多振られ、「まだ早い、まだ早い」と、私を追いやった。私は追い返されるのがなんとも嬉しく、まだ生きていてもよいのだと、安心して、深い眠りに入った。

それが何年も続いた。病気の箇所が実に増えた。薬の量も種類も増えた。夢は続いた。墓地の住人は相変わらず優しく、変化は見られない。私は安心して、深い眠りに入った。私はいつしか、古稀になった。私の身体にはいくつもの病気の箇所があり、手術を必要とする箇所も見つかった。死は彼方のものと高を括っていたが、冷静に判断すれば、そうではなく、割と近くに迫っていた。

墓地の夢を相変わらず見続けたが、死人たちが次第に、冷淡になったように思う。提灯は振られず、たとえ振られたとしても、勢いがない。追いやるしぐさに、力がこもっていない。目が合えばいつになく凝視されて、こちらに来たいなら、来ればいい、あなたの自由だ、と、突き放された。臆病な私の態度を、明らかに蔑視している。

私はにわかに自信を喪失した。見放された思いがした。いつ、死んでもおかしくない年齢に差し掛かっていた。私は死後を思った。よほどの異論を示さない限り、祖父母、父母と同じ墓に入ることになる。あの雑木に覆われた、昼なお暗く、一日中、日が射さない、あの苔むした墓の中に、葬られる。まあ、致し方無いかと、私は思う。

私は遺書をしたためた。

財産は無いのだから、記す必要は無い。最近、流行っているので、その尻馬に乗るのではないが、家族葬で執り行うこと。そして何よりも重要なのは、村始まって以来の簡素な葬儀を、と記した。

北に向かって

桜田二郎は、大正十二年に裕福な農家の次男に生まれた。広い千坪もある敷地の真ん中に、当時としては、珍しい木造三階建ての母家が、鎮座している。建てた祖父は、心ひそかに、自慢した。

田畑の多くは、貸していた。二郎は幼少より病弱であったこともあって、草むしりひとつ、稲刈りひとつ、麦刈りひとつ、したことは無かった。つまり、鎌ひとつ持ったことが、無かったということだ。

物心がつくと、年長の男女が、二郎よりも先に挨拶するのをいぶかったが、自然に受け入れた。成績は優秀で、級長を通した。上級学校に進んだのは、二郎一人であった。多くは奉公に出たり、農家を継いだりした。戦死した者もいた。

中学校は通える距離では、皆無であったので、遠縁の金物店の二階に下宿して、そこから通った。金は潤沢に送金されて来たので、下宿代を払っても、十分に残った。本を買った。特に文学書を買い求めた。

成績は二位を維持していたが、さすがに首席とはいかなかった。運動は相変わらず苦手であった。短距離はどうにかなったが、長距離走は付いていけず、途中で立ち止まり、激しく咳き込んだりした。

二郎には、向上心があり、それを許す経済力が、実家にあった。さすがに、旧制高等学校は無理であったので、東京の私大の予科に進学した。私立ではあったが、名の通った学校である。やがて、本科に進み、英文科を選択した。

二十歳になれば、徴兵検査が待っていた。検査結果には四段階あり、甲種合格、第一乙種、第二乙種、そして不合格であった。二郎は第二乙種合格であった。やがて、文科系の学生は、徴兵猶予の特権を外された。二郎も兵隊に駆り出された。出征の日、村の神社で、多くの人の前で挨拶をして、駅までの長い道程をいくつもの旗を持った人たちと共に歩いた。

二郎は内地勤務であり、労働は苛烈であった。米軍の上陸は、沖縄の次は九十九里と、喧伝されており、塹壕掘りに、終始した。

戦争が終わり、復学した。文学への思いは募ったが、まずは英語と社会科の教員免許を取得するを、専らとした。

背景に、予想だにしなかったGHQの農地改革政策があった。帰省した二郎に、兄が宣言した。

「卒業までの金は出してやるが、それ以後は、自分でなんとかしてくれ」

無理も無かった。やがて、一町歩ほどを残して、地所は、小作人のものとなった。

二郎は卒業した後、故郷に帰り、中学校の英語教師になった。教師をしながら、夜遅くまで、小説を執筆した。ある同人誌に属していた。

そんな折、「小説の神様」と謳われている人物の弟子が、文芸雑誌にこんなことを書いていた。

「どんなに苦しくとも、小説家を志したからには、他の職業に就いては駄目だよ、A君、なぜなら、その仕事に忙殺されて、やがて小説家になる夢を諦めざるをえなくなるから」

なおも続けて、「だから私は、どんなに苦しくとも、他の職業には決して就かなかった」

と、述懐したという。

二郎も精神的には、首肯したが、生活がある。実家からの援助は期待できかねた。老大家は、親から引き継いだ資産が十分にあったから、そんなのんきなことを言っていられるのだと、二郎はひそかに僻んだ。

二郎は土曜日の午後、汽車に乗って、同人会の会場に急いだ。鰻屋の二階だったり、大学の片隅の部屋だったりした。同人は十五人ほどいた。中心人物は僧侶をしながら、小説を書いていた。関西の同人も数人いたが、彼らは土曜日の午後、おのおの関西を発ち夜汽車に乗って日をまたいで、早朝、僧侶の家で、旅の荷を解いた。朝飯をご馳走になり、一服したり、昼寝をしたりした後、会場に向かった。二郎も時間に余裕があると、そこに顔を出した。

定期検診で結核が見つかった。休職して片肺を切除することになった。初め、数多くの患者がいる大部屋で過ごし、手術が近づくと、個室に移り、手術した後、再び個室に移り、頃合いを見て、再び大部屋に移された。扱いは、公平で、気持ちが良かった。

昨日まで元気だった患者の姿が、消えた。「どうしたんだろう」と尋ねると、死亡したとのことであった。死は日常事であった。手術後、二郎は高熱に悩まされた。二郎本人は、死など、考えたことは無かったが、見舞い客は、帰路、「もう駄目だろう」と、噂して帰ったと、後で聞いた。

英語と、たまに、社会を教え、夜に執筆して、土曜日の午後、汽車に乗って、会場へ急ぐ生活がしばらく続いた。同世代のいわゆる「第三の新人」が、純文学の新人賞Aを受賞しはじめた。それを横目に見ながら、冷静を保とうとした。

僧侶を兼ねている中心人物のTが、新人賞Nを受賞した。二郎も同人のひとりとして受賞会場に急いだ。前後して、関西の男も、忍者の活躍を活写した小説で、Nを受賞した。彼は直後、新聞社を辞し、作家生活に専念した。関西の男の活躍は目ざましく、評価は鰻上りであった。二郎たちは、同人仲間として、ふたりの祝賀会場に大挙して繰り出し、祝った。それから、二、三年して、鎌倉時代の武士の葛藤を描いた女性同人Nが、新人賞Nを受賞した。前後して、これも関西の同人Kが、大阪釜ケ崎近くの病院を舞台にした悪徳医師を描いて、Nを受賞した。

「今日で同人誌は解散」というのではなく、いつの間にか、解散になった。二郎は、小説の発表の機会を失った。

二郎は、英語の教師を続けた。小説を書くことは、断念した。かねてより、婚約状態にあった女性と、ささやかな、祝宴を張った。かつての同人は、ひとりたりとも、呼ばなかった。受賞した同人たちの活躍は続いた。

そんな折、T川の右岸の中学校に、赴任した。四囲に農村風景が拡がっている。田んぼ、畑、桑園などである。田舎道は、九十九折りである。冬は寒風が吹き、片肺の二郎には、こたえた。烈風がいや応なしに、痩せ衰えた二郎の身体を襲った。やや古くなったオーバーコートの隙間から、強風が容赦無く、入り込んだ。自転車が倒れそうになる。必死に堪える。中折れ帽子が、飛ばされそうになる。直ちに押さえる。こんなことが、桜が葉桜になる頃まで、続くのである。七三に分けた頭髪がポマードでも乱れた。

生徒は、概ね凡庸だ。授業中の無駄話は、禁じている。止まらないことがあるが、よほどのことが無い限り、無視して、授業を進める。

昼食は、給食が始まっていない辺鄙な中学校だったので、おのおの、弁当持参である。二郎は一段高い教壇の上の教卓の後ろに座り、生徒と向かい合って食べる。牛乳を教卓の隅に置く。大抵は、妻が持たせてくれたサンドイッチと、決めている。ハム、レタス、それに卵を潰したものを挟んだ、至極、ありふれたものである。

二郎がそれらを嚥下する時、痩せ細った首を上下する喉仏を盗み見て、生徒が陰で憫笑しているのを知っている。

同人の活躍に羨望が無かったと言えば、嘘になる。わけても、歴史小説の評価が、書くに従い高まる関西の男には、羨望を越えて嫉視すらした。

彼の頭髪は初め、ごま塩、次第に銀鼠になり、やがて真っ白になった。頭髪の減少は見られない。美しく年を積み重ねているのを見せびらかされているようで、それすら、ひそかに嫉妬の対象になった。

二郎は基本的には、教え子の披露宴は出席しないことを旨としていたが、今度、招かれた男の場合は、いささか趣が違っていたので、出席することにした。十五年ほど前、三年間、英語を教えた生徒の披露宴である。うねうねと曲がった、真冬の寒々とした田舎道を、北に向かって、自転車の転倒を恐れながら通った学校の生徒のひとりであった。男は父親を早くに亡くしており、母親と姉とに育てられ、生活が逼迫し、苦労をしたのを知悉しており、高校進学の時、随分、心配した生徒であった。そうでなければ、出席はしなかった。

丸いテーブルには、二郎を囲むように、かつての出来の悪い生徒たちが、首をそろえている。二郎の隣の男は、ひときわ大きく肥満しており、体格だけなら、大相撲でも通じるほどであった。やる気が無く、もちろん、勉強はできず、二郎が教えた英語は、最下位であった。あえて、長所を見つけ出そうとするなら、性格が穏和なところであった。

その男が座るやいなや、「なんだあ、先生の隣か、酒が不味くなるなあ」と、ほざいた。二郎は分かっていた。本当にそう思っているのではなく、一種、甘く阿っているのである。だが、二郎は、ひとまず応じた。

「俺のことが、そんなに嫌いか」と。

「そんなことは、無いけれど」

見ていると、男の飲み方は、無節操で、力任せである、食べるにしてもろくに咀嚼しているようには見えない。これでは肥満するのも無理からぬことであると、苦笑しながら二郎は独り納得した。

男は磊落に、飲食を楽しんでいる。その男が突然、箸を止めて、こんなことを言った。

「先生は、好きで教員をやっていたんですか」

「なんで」

「本当は、好きではなく、嫌嫌、やっていたように、見えました」

「そんなことは無いよ。でも、そう見えたかい」

「はい、そう見えました。こんなことを言っては悪いんですが、生きるために、仕方なくやっていたように、見えましたよ。たとえば、商社に入って、世界を股に掛け、活躍したかったんではないですか」

二郎は、作家になりたかったとは告白しなかったが、肥満した男は、直感していたのかもしれなかった。

冬の澄み切った空と烈風の中、やや古いオーバーの襟を立て、九十九折りの砂利の田舎道を必死に自転車のペダルを漕ぐ二郎の姿を、どこかで盛んに見ており、そう感じたのかもしれなかった。いずれにしろ図星を突かれていた。

バナナ

秋の一日、運動会が開かれた。市のすべての集落が集う大会である。競技は至って簡単で、綱引き、玉入れ、樽転がし、二人三脚、パン食い競争、リレー競争などだ。

その日の夕方、慰労会が開かれた。長方形の脚長なテーブルの上に、いろいろな食べ物が並べられた。その中のひとつに、バナナがあった。バナナは青みが残っており、食するには、まだ早い。近くに、バナナを御す商店があり、そこからの物であると、想像された。

一週間に一度ほど、横付けされた大型トラックから、数多のダンボール箱が降ろされる。中には、ビニールに包まれた真っ青なバナナが入っている。冷凍庫にそれを運び込むのを、私は、何度も垣間見た。

バナナは、二本ずつに分けられ、テーブルの上に置かれた。私はその光景を漫然と見ていた。他の男たちも同様であった。男たちは、準備ができるまで、部屋の隅で雑談をした。

準備ができたので、皆、座った。その直後、私の隣に座った年長の男が、突然、こんなことを言った。

「バナナに、大小がある。これでは不公平であるので、同じようにしたほうがいいのだが……」

見れば確かに、ばらつきがあった。私を含め、そんなことを気にする者は、ひとりとしていなかった。その証拠に、私の向かい合わせの男が、

「そんなことを気にする奴がいるかい。なんなら、俺のバナナを、全部くれてやるよ」

と、直ちに反応して、嘲った。

口には出さねど、私も同じ思いであった。聞いていた者すべてが、そうであったように見えた。私は年長者の横顔を盗み見た。年長者は、私たちの冷淡な反応を気にするふうは無く、なおも続けて、こう呟いた。

「昔なら、喧嘩になるからなあ」

年長者は、確か、大正六年生まれで、戦争の苛酷さ、悲惨さ、冷酷さなどを、事あるたびに口にした。それは自ら語る時もあるが、無論、問われればなおさらである。多くの人

は、年長者を吝嗇、堅物、変人と見なしていた。

私の住む近くに、なんでも用を足せる小さな商店があった。私は週に二、三度、そこに煙草を求めに行った。まだ、自動販売機も、コンビニも、稀であった。そこの主人は見るからに、心優しき風情を醸し出す、初老の男であった。その男の奥さんがそんなことをしたのを見たことは無かったが、男はよく、店頭の道路の隅々まで掃除をしていた。

男は私を見るなり、店の中に招じ入れた。

「煙草ですか」「はい」

眼前の梁に、真新しい表彰状が、額に納まり、飾られてあった。意識的に近づいて、仰ぎ見た。

シベリア抑留者に対する慰労の言葉が書かれてあり、金杯か、銀杯かを贈るとも、書いてあったような気がする。

「シベリアでは、随分、苦労したのでしょうね」

私は、ある期待を込め、問うた。

「ええ、まあ、いろいろ、あったんだよ」

男は強い拒否は示してはいなかったが、そのあたりのことは、あまり触れてくれるなという風情が漂っていた。

この表彰状も、本人は人目に付くこのような晴れがましい場所に設置するのを諒としないのかもしれないが、それでは奥さんが承知しない。やむを得ず、このような格好になったと思われた。もし、このような時、バナナ男であったなら、真逆の反応を示したであろう。

仰ぎ見られていた額は、次第に見上げられることもなくなり、いつしか、忘れられて、埃をかぶり、蠅の糞が付いた。それでも私は、時たま、意識的に、主人を見ながら言った。

「シベリアでは、随分、苦労したんでしょうね」

「ええ、まあ、いろいろ、あったんだよ」

同じ答えが、返ってきた。さりとて、私を冷遇しているとは思えなかった。

雑貨屋の主人は、休日前の釣堀の鱒のようには、腹を空かしてはおらず、すぐに食い付くような人ではなかった。私は、この人の所作が、心ひそかに、好きであった。

バナナのことは、すっかり忘れていた。何年か過ぎた頃であった。テレビの画面が、シベリア抑留者の、苛酷な労働を映していた。吹雪の中、隊列を組み、木を切りに向かう抑留された人々。その側で、大柄なロシア人が、監視しながら、見下して歩く。概ねロシア人は太っており、日本人は痩せ衰えていた。続いて、屋内での食事風景が映し出された。多くの人の頬は、気の毒なくらいこけていた。

画面は変わり、帰還した抑留者がインタビューに応じて、苛酷な体験を静かに語った。質問者が、「何が一番つらかったか」と尋ねた。抑留者は、いろいろな苛酷な場面を口にした後、こう言った。

「一番の楽しみは食事であり、一番、緊張するのも、食事であった。いつも、いざこざが起こり、主食の黒パンの大小で、喧嘩沙汰になった。秤で、決着をつけた。わずかでも、針の均衡が保たれなければ、双方が納得するまで、何度も計り直した。食べ物の恨みは、恐ろしい」

私は聞いているうちに、にわかに、バナナのことが頭に浮かんだ。私はとんでもない間違いを、犯していたのかも、しれなかった。

私たちは、少なくとも私は、本当の飢餓を知らない。

バナナの年長者は、戦地のことを思い出し、真剣に訴えていたのだ。私は、それに気付かなかった。

私は自分の不明を、恥じた。

まずは西へ

十六の夏、村田は宮下に競輪場に誘われた。村田はそのような物騒な場所に、足を踏み入れたことはなく、不安を感じながらも頷いた。勝手に近隣の競輪場を思い描いていたからでもあった。

宮下は駅の料金表をしばらく見上げていた。村田は胸騒ぎを覚え、急ぎ宮下に近づき、耳元で一銭の金も所有していない旨を告げた。

ふたりは、電車に乗った。宮下は駅頭で買い求めたスポーツ新聞の予想欄に、くぎ付けになっている。話し掛けるのもはばかられる雰囲気があった。宮下が無言で、往復キップを手渡してくれたので、なくさない限り家には帰れる。ひとまず、安心だ。

車内は通勤通学の時間が過ぎていたので、立っている人はおらず、皆、ゆったりと座っている。いたって長閑《のどか》であった。車窓に目をやりながら、時間を潰した。それはそれなりに目新しく楽しい時間であったが、どこに連れられていくのか知れず、一抹の不安は常にあった。

長く電車に乗った気がする。新宿に着いた。降りる直前、尋ねてやっと競輪場の名を知らされた。宮下を見失わないように、全神経を注いで歩く。構内は殷賑《いんしん》で、そうでなくとも小柄な宮下を見失いがちになる。宮下は勝手知ったると見え、振り向きもせずさっさと歩いていく。下に線路がいくつも見える。気圧《けお》される。

思いの外長く歩いた。中央線に乗り換えた。未知の領域である。新宿から遠くへ、遠くへと電車は進んでいく。不安が先立ち、村田に車窓を眺める余裕は、さらに無くなった。宮下は相変わらず、スポーツ新聞に見入っている。随分、遠くへ来たように思えた。

車内放送が駅名を告げると、にわかに男たちが立ち上がり、降りる気配を示した。女はほとんどいない。降りた数多の男たちは、すべて競輪場に向かっているように見えた。

広い競輪場の入口から、やや離れた片隅に人集りができている。人垣の隙間から、恐る恐る覗くと、中年女が、厚地の紙を拡げて四隅を石で押さえ、何か、予想の法則を教授しているようだ。

「競輪は簡単である。この法則に従えば、百発百中で間違いなく当たる」

中年女は、真ん丸の真っ黒いサングラスを掛けている。視線の先がどこにあるのか判明できぬほど、真っ黒い。酸素バーナーの技師が目の保護のために使用するメガネのようである。「百発百中」の教則本が、傍らに山積みされている。

村田は恐れをなした。思わず、尻込みした。えらい所に来てしまったと、しみじみと思った。あの時、安請け合いをせず断っておけばよかったと後悔した。このまま踵を返して、電車を乗り継ぎ、家に帰りたいと、切実に思った。宮下は少し離れた所で、その様子を冷然と見ていた。近づいた村田に、「あんな物、当たるわけがない」と、言い放った。

宮下は村田を置き去りにして、場内を自由闊達に動き回っているようだった。時より戻って話し掛け、再びどこかに消えた。茫然自失の村田に、見知らぬ男が突然話し掛け、予想を求めた。村田は非常に困惑して、曖昧に笑って、その場を凌いだ。

コンクリートの壁に寄り掛かり、宮下が来るのを待った。あたりを必要以上に見回して待った。腹が減った。一銭の金も持ち合わせていないのを承知しているのだから、宮下が気を利かせるべきであると、村田は心底、そう思った。だが、時たま戻ってくる宮下に、その気配は無い。催促するのも、はばかられる。まずは、宮下が気付くべきであると、何度も思った。

近くにある立ち食いそばが放つ豊潤な匂いが、恨めしい。囲み食いしている男たちが、羨ましくてならない。宮下は時たま戻ってきては、二言三言話して再びどこかに消えた。それを何度も、繰り返した。腹はますます、減った。そばでも、うどんでも、カツ丼でも、カレーでもなんでもいいから、食べたい。切実な思いである。切羽詰まってきた。それでも催促は、はばかられた。宮下が気を利かせるべきであると、なおも村田はそう考えている。村田は必死にそう思った。

村田は堪り兼ねて、それでもややずらした質問をした。

「最後までやるのか」

「ああ、そうだよ」

宮下はたやすく躊躇い無く、首肯した。村田は落胆を抑えがたく、少し不満の表情をあえて見せたつもりであったが、効果は無かった。再び人混みの中に宮下は消えていった。

まだ何レースもある。じっと耐え、時間が過ぎるのを待った。朝食の後、口にしたのは無料の飲料水と、冷えたお茶だけである。それを仕事にして飲んだ。腹の足しにはならない。そんな時、ふと猜疑心が湧き起こった。宮下の奴どこかで、何かを盗み食いし、口をぬぐい素知らぬふうで村田の前に姿を現わしているのではないだろうか。村田は宮下を恨むようになった。

やっと、レースが終わった。中央線に乗り、新宿に着いた頃には、薄暗くなっていた。そこから二時間半ほどかかる。外を見れば満天のネオンであるが、今の村田には無縁の世界である。宮下が気付いて、弁当とは言わない、せめてコッペパン、……中を割ってジャムやクリームを塗ったそんな贅沢を欲してはいない、丸のままでいいのである、それを、かぶりつきたい。宮下、気付いてくれ。俺は腹が減っているのだ、助けてくれ。コッペパンでいい。買ってくれ。繰り返すが、丸のままでいいのだ。声を出すのも億劫なくらい、腹が減っている。宮下なぜ気付かない。

ふたりは並んで座った。村田も口を聞かなかったが、宮下も無言を通した。一レースも当たらなかったことが、宮下を無口にしていることは、容易に想像できた。だから村田は、触らぬ神に祟り無しの諺に従ったわけでもなかったが、無言に徹した。

ようやく着いた駅前で、

「何か、食べるか」

と、やっと、問われた。村田は間髪を容れず、当然のように、「食べる」と、即答した。あたりに食堂は見受けられたが、馴染みがあるのか、そこには入らず、自転車をさらに十五分ほど、走らせた。

宮下がようやく、注文した。一応村田にも意向を聞いたが、今の村田にはなんでもよかった。チャーハンが運ばれてきた。村田はチャーハンを貪った。胡椒と紅生姜と焼飯が混在となって、舌の上に沁みた。実のところ、味わう余裕など少しも無かった。朝にたまたま宮下に会い、今、夜の八時である。十時間以上、何も口にしていない。実は、朝寝坊をして、朝食もろくに取ってはいなかった。チャーハンをたちまち平らげてしまった。だが村田の腹は、いまだ十分ではなかった。宮下がそのあたりを察して、ラーメンでも追加してくれないものか、と切実な期待を寄せて、中途から貪っていたのだが。

何年かが過ぎた。村田の作業場に、秋元と西川が遊びに来た。宮下を含め、四人は同級生で、親友と言ってよい間柄であった。待ち兼ねたように、さももどかしそうに、秋元が口を開いた。

「宮下が競輪で、百万当てたのを知っているか」

「知らない。初めて聞く話だ」

昭和四十三年の話である。二十歳であった。

「それで宮下は今、何をしているんだ」

「それが俺の所に、今朝早く久し振りに顔を出した」

と、西川が答えた。

「どんな様子だった」

と、村田はすかさず、口を挿んだ。

「それが痩せて、髭面で、汚れた衣服で、玄関先に立ったんだよ。しばらく立ち話をしていたんだが、帰る気配が無いので、仕方なく部屋に入れたんだ。昼になっても、夜になっても帰ろうとしない。仕方なく昼飯を出し、夕飯も出して時が過ぎるのを待ったが、なおも帰らない。無心に負けて、五千円を手渡して、やっと帰ってもらった」

と、言う。

「村田の所にも遠からず、来るから、気を付けろ」

「まあ、気を付けるよ。それにしても百万当てた割には随分、不景気な話じゃないか、百万の話は誰に聞いたんだい」

「高田だよ」

高田も同級生だ。宮下と高田は仲がいい。高田も競輪に相当入れ込んでいる。話を受け継いだ秋元の説明によると、宮下は前橋競輪で百万を手にしたという。

通常であれば、競輪場が手配した乗り合いバスで最寄りの駅まで行き、電車を乗り継いで帰路に着くのであるが、すっかり気が大きくなった宮下は、タクシーで最も親しくしている高田の所に寄って誘い出し、待たせておいたタクシーで、自宅には立ち寄らず、駅に行き、まずは東京に向かった。ふたりは東京で一泊し、翌朝、東海道新幹線で、新大阪まで行くが、そこでは降りず、できうる限り西に向かい、海を渡り、九州の福岡で降りた。調べたら、小倉で競輪が開催されており、そこから北上することに、ふたりは決めた。

初め、ふたりは朝晩、食事の供される旅館に宿を取り、タクシーで開催場に乗り付けた。やはり、負けが込んできた。やがてお決まりの、窓に赤や青のネオンを映す場末の宿に移った。小倉、福岡、門司、玉野、岸和田と進み、岐阜あたりで命運が尽きた。

幸い長良川の上流に高田の知り合いがおり、そこを訪ねて泣きついて、旅費を工面してもらい、やっと自宅に辿り着いたとのことである。高田の母親が主だった友人の家を、一軒一軒訪ね歩き、ひと月も帰らない息子の安否を気遣っていたのも、思えばその頃だ。

予想した通り、村田の家に宮下が姿を見せた。痩せた髭面であった。衣服もどことなく汚れていた。宮下はそれまでも時たま顔を出したが、決まって金に困っている時だった。

知った以上は百万円の顛末を尋ねないわけにはいかなかった。

「宮下、競輪で百万当てたと聞いたけど、それは本当かい」

「本当だよ」

「それでその金は、どうした」

「全部、使い果たした」

「もったいないな」

宮下はすべてを使い果たしたから、村田を思い浮かべたのであって、金が潤沢である時なら、村田を思い浮かべないし、村田の所にも来やしない。

午前十時頃に現われ、正午になっても帰る気配を見せない。帰れとも言えない。仕方なく、何度も供した即席メンを昼飯とすると決めた。

いつの頃からか、村田の父は宮下に愛想を尽かし、口を利くのもはばかるようになった。父は、宮下の姿を見ると、忌々しそうにさっさと屋内に消えた。だから、母が宮下に食事を作るなど、もっての外である。そんな父であったが、村田が調理するのまでは、禁止しなかった。それが宮下にとって救いであった。

即席メンは、いくつも買い置きがあった。村田の家の近くにラーメン工場があり、そこの工場長と父は昵懇《じっこん》であったので、角の欠けた屑ラーメンは、たやすく手に入った。商品とならないだけで、味に遜色は無かった。

ビニール袋に二十個入っており、まずはその中から、ふたつを取り出す。鍋に水を入れ、火をつける。キャベツ、ほうれん草などを刻み、鍋に入れ、柔らかくなるのを待って、ラーメンをぶっ込み、かきまぜて、最後に卵ふたつを入れて、再びかきまぜて完成。面倒なので、どんぶりには移さず、鍋のまま、作業場に運ぶ。宮下は麺はもちろん、汁の一滴も残さず綺麗に飲み干した。呆れるほど、見事である。村田はその様子を見つめながら、百万円の一部でも残っている時に訪れてくるなら、可愛げがあるというものだがと、無理は承知しながらもそう思わずにはいられなかった。ただただ呆れて眺めるよりなかった。

帰り際、金を恐る恐る無心されたが、それは断った。直ちに秋元に電話して、遠からず、宮下が訪ねていくから、気を付けるように、と注意を促した。秋元の家族は、本人はもちろんだが、全員が脇が甘い。確かに美徳ではあったが、宮下に付け込まれた。宮下は同じように、十時頃に現われ、午後八時頃まで居座った。テレビを見たり、新聞に、呆れるほど、丹念に見入っている。仕方なく、昼飯、三時の茶、晩飯を供した。うどんを全部平らげた後、「実は、俺はあまりうどんは好きではない」などと、のたまい、飯を促した。その言いようが、秋元よりも父親の怒りに触れた。食事の提供は我慢強く何度も、繰り返されていたので、怒りに火が付いたのである。皮肉たっぷりにこう言った。

「宮下さん、今日は仕事の帰りかい」

無職であるのを百も承知で、父親はただしたのであるが、宮下は無言を通した。宮下には端から、この程度の嫌みは馬耳東風であった。

そんな折、村田と秋元は山峡の町の夜祭りに出掛ける約束をした。ところが宮下が、どこで聞き付けたのか、村田と秋元の間を、午後から離れようとしない。ふたりは根負けした。仕方なく宮下を連れていくことにした。車が走り出して五分もしないうちに、宮下が変なことを言い出した。

「飯田を連れていってもらいたい、いいだろう」

飯田という男が何者であるか、村田も秋元も全く知らない。未知の男である。どうやら、宮下の遊び友達であるらしい。嫌な予感がした。

飯田は自宅前の道端の木に隠れるようにして、待っていた。車に乗り込み、軽く頭を下げた後は、不遜な態度に終始した。無言である。村田は未知であったが、実は秋元はわずかに知っており、見た瞬間、露骨に嫌な顔をした。

途中用を足す際、束の間村田と秋元ふたりだけになった。そこで村田はただした。

「飯田という男は何をしているんだい」

「質の悪い与太者だよ、仕事なんかしちゃいない。近寄らないほうがいいぞ」

秋元が耳元でささやいた。

「村田、絶対に夜祭りの会場付近では、飲食はしない。戻ってからふたりだけでする。村田は甘いんだから、気を付けろ。奢ったりなんかするなよ」

と、注意を受ける。ふたりだけになった時、これだけは言っておこうという決心が口元にみなぎっていた。

宮下と飯田は親しげに話し始めた。運転しながら聞くともなく聞いていると、相当親しい間柄と見えた。普段は饒舌な秋元は終始、無言を通した。

夜祭り会場に着いた。普段であれば村田や秋元が、争うように食べ物や飲み物を、買い求め分け与えたのであるが、秋元は元より村田も堅く自分自身に禁じた。宮下と飯田は、当てが外れた。温められた一合の酒や、おでんを期待していたのは確かである。

自然、ふた組に分かれて少し離れて歩いた。宮下と飯田に落胆の色が拡がった。特に飯田の態度は、約束が違うと、言っていた。付いてくれば晩飯にありつけるという甘い了見は、勝手に外れた。落胆の色が額に差すのが、見て取れた。ふたりはますます不機嫌になった。口も利かなくなった。村田には、遠い昔、散々待たされて貪ったチャーハンの胡椒が、舌の上に沁みたのが、思い出された。祭りも早々に帰路についた。四人は全く口を利かなかった。

宮下のパチンコの行き帰りコースの中途に、西川が新築の家を建てた。親に分けてもらった地所であったので、致し方が無かったが、悪い所に建てたものである。新婚の頃であった。そんな家に午前十時頃に姿を現わし、一時間ほど過ごす。午後六時頃に再び姿を現わし、また一時間ほどして帰っていく。時に飲食を供する事もあった。それは常態化した。

やがて、子供がふたり生まれた。ふたりの子供は、ひとりが小学校に上がり、ひとりが幼稚園児となった。ある時、西川の妻が、宮下が帰った直後、こう言った。

「お父さん、私、けちで言っているのではないんだけれど、宮下さん、毎日のように寄って帰るんだから、たまには子供たちにお菓子ぐらい持ってきても、罰は当たらないわよね」

西川の妻は堪え兼ねていたのだ。その思いは西川にも痛いほど、理解できた。

四、五日して、西川は妻に宮下からだと言って、駄菓子を差し出した。妻は苦笑しながら、受け取った。

「お父さんが買ってきたんでしょう。もう少しうまく嘘を吐いたらどう」

と、妻は苦笑するばかりであった。

いつしか、村田は宮下とは縁が切れたが、西川は相変わらず腐れ縁が続いているようであった。さすがに十年も経てば、立ち寄るのは稀になったが、立ち寄る時は金の無心であり、時に応じると話した。

随分と経ってから、酒宴で会った年下の男が、

「村田さん、宮下さんが死んだのを知っています？」

と、窺うような眼差しで尋ねた。

「いや、知らない」

「横浜で野垂れ死にしたんだそうですよ」

弟が出向き、荼毘に付して、帰ってきたと言う。

だが、全く別の情報もあった。高田が競輪場でたまたま会い、二言三言、立ち話をして別れたと言う。村田は、高田本人から聞いた。野垂れ死にしたとの噂を聞いた後の話である。

大海に戻りたい

私は、海豚《いるか》です。人間社会ではバンドウイルカと、呼ばれているようです。人間であれば十五、六歳の小娘です。

私は御転婆で愛嬌のある娘で通っています。家族は、両親、兄、姉、私、弟、妹です。私たちが行動を共にするのは家族の他に、親戚、近所の小父さん、小母さん、その子供たちで総勢五、六十頭になります。その他、いろいろな仲間が集い百頭以上にも、それ以上にもなることが度々です。

私の最も好きな季節は春で、特に五月です。何より怖い台風がありません。そしてまず水温が心地よい。波も穏やかです。

鰯をはじめ、鯵、鯖などの小魚が十分過ぎるほど泳いでいます。それらを十分に食べると眠くなります。波間に体を任せてうたた寝をします。それは本当に気持ちのよいものです。

遠くに大きな外国船が見えたり、小さなヨットが私たちの前を横切ったりします。そんな時でも父や母が、そして近所の小父さん、小母さんたちが、私たちを見守っていることを十分に承知しています。ですから贅沢なうたた寝が、十分できるのです。口には出しませんが感謝しています。

おいしい魚を十分に頬張り、温暖な海を遊泳することは楽しいことです。誰が指示するのか知りませんが、半島近くを泳ぐことがあります。私たち兄弟をはじめ、みんなそれに従います。すると、湾から数隻の船が私たちに向かってくるではありませんか。最初、私は、彼らがなんの目的でこちらに来るのか理解していませんでした。やがて分かりました。父をはじめ年長者たちは承知していたのです。

彼らが私たちに危害を加えないことを。ですから私たちは、安心して彼らが近づいてくるのを見守り、拒否したりはしません。彼らと遊ぶことは楽しみです。私はもう一度年長者の視線を確認しました。黙認しているので安心して船が近づいてくるのを待つことにしました。

甲板には老若男女、さまざまな人間がおり、私たちを歓声で迎えました。特に子供と若い女性は、大袈裟な所作と、満面の笑みで歓迎するのです。子供は父親に肩車を盛んにせがんでいます。親も直ちに応える姿が見て取れます。私たちは可能な限り、船のまわりを回り、愛嬌を振りまきます。

それに反して年長者はさほど積極的ではありません。船を遠巻きにして、私たちの行動を一時も目を離さず見守っています。私たちは年長者の複雑な思いなど眼中になく、船上の人々の歓声に応えるべくますます近づいていきました。すると私たちより、やや年長者のお兄さんや、お姉さんが、先導するように、前に行ったり、後ろに回ったりして、私たちをガードしてくれます。

船の速度に合わせ、並行して泳ぎます。波間に体を浮かせ、直後に沈めます。それを何度となく繰り返し、船に沿って泳ぎます。歓声が上がるのが、痛いほど聞こえてきます。身を乗り出している若い女性が、垣間見えます。そのすぐ傍にお似合いの男性が付き添っています。人間社会でいうところのデートなのでしょう。そんなふたりを見ると、私たちもサービスをしないわけにはいきません。

そこでつい調子に乗って、仲間たちと目配せをして、ドルフィンキックを、優雅に何度も披露します。歓声が一段と高まります。船上の人たちが、私たちに合わせて、右に左に動くのが見て取れます。

楽しい時間はいつまでも続くと思いきや、別れは突然やってきました。私たちと少し距離を置いて、全体を見守っていた年長者のひとりが船から離れることを目配せで命令したのです。その表情は柔和ではありましたが、有無を言わせない絶対的なものがありました。それを素早く察した父母は、私たちに強くそれに従うように目配せで厳命したのです。若い私たちは、もう少し戯れていたいのですが、未練を残しつつゆっくりと船から離れました。歓声が落胆に変わるのが遠く聞こえてきました。しかも群れの長がさらに半島から離れるように命じたので、船は次第に遠くなり、いつしか見えなくなりました。

鰯を鯵を鯖を、腹いっぱい食べ、眠くなり、うとうとしていると弟と妹が、特に弟がそうさせまいと体をすり寄せてきます。構わず寝た振りをしていると、弟は私の尾を少し噛みます。なおも寝た振りを続けていると、そうはさせずとキックをあびせます。私は分かっています。ふざけたくて仕方ない年頃であることを。私も不機嫌を装いながらもすぐに応じ、キックを見舞い、弟や妹がしたように尾に噛みつき、要望に応えてやります。

周囲の様子を確認しながら上になったり下になったりして十分に戯れます。あまりにもしつこいので、たまには頭にくることがありますが、そんな弟や妹が好きでなりません。弟もそれは分かっていると見えます。弟はさらに調子に乗って私が最も触れてほしくないことにあえて触れます。

「誰か好きなお兄さんはいないのか、いるなら紹介しろ」と、大きく口を開けて笑いながら詰問します。妹は無言です。しかも父や母や親戚の人たちに聞こえるようにこれ見よがしに、逃げる体勢を作りながら詰問を度々繰り返すのです。そうであれば、弟の挑発に乗ってやらねばなりません。怒った振りをして追っ掛け回し、体の至る所をかじります。弟もキャッキャッと声を上げながら逃げ回ります。それにもそろそろ飽きてきたので止めようとすると、まだ遊び足りない弟は痛い所に再び噛みつきます。

「いるなら白状しろ」と大きな声で、もちろん逃げる体勢を作りながらはやし立てます。仕方なくもうしばらくは追い掛け回しますが、頃合いを見て、きつく噛んで終わりを宣言して背を向けます。弟にも困ったものですが、そんな時、妹は私の味方をせず、ただただ笑うばかりです。ちなみに私には恋人と言える人はまだおりません。心ひそかに思う人がいないわけではありません。でも年頃によくある程度のものであり、それを一歩たりとも越えたものではないのです。

しばらくは半島に近づくことはなく、影すらも見えません。ひたすら大海を回遊し続けます。たまに大きな外国船を見掛けることがあります。金髪や銀髪のおじさんたちが物珍しそうに私たちに手を振って見つめています。いつの間にか、甲板に大勢の人が集い、歓声を上げるのも半島の子供とそれほど変わりはありません。そこで私たちはドルフィンキックでそれに応えることを忘れません。

遊覧船の老若男女の歓声が遠い過去になったある日、見たことのある、いいえ、見なれた半島が見えてきました。半島の二、三キロの沖合を陸地に沿って泳ぎました。すると突然前方に二、三隻の漁船が現われ、行く手をふさぐ気配が見えました。振り返ると、後方にも数隻の漁船が私たちを追ってきました。横にも漁船がいつの間にかぴったりと付いています。いち早く危険を察した俊敏な仲間は、漁船の間をすり抜けるように大海に逃れていきました。私は運悪く群れの中ほどにいて、しかも陸地に最も近い所をのんびりと泳いでいたので、群れがざわつくまで何が起きているのか知りませんでした。危険に気付くのが遅れました。

父が大声で事態の急変を知らせてくれました。年長者が私や弟、妹が遊覧船と戯れているのをあまりいい顔をしなかったのをにわかに思い出しました。父母は、苦い思いをしたのに違いありません。それならばなぜ、もっと早くに的確に教えてくれなかったのでしょう。悔やまれてなりません。いまさら後悔しても後の祭りですが。

漁船が私たちを四方八方から囲みました。三百頭ほどいた仲間は、気が付けば百頭ほどになっていました。多くの仲間はすり抜けていったのです。難を逃れた仲間がうらやましく、残された自分が悔しくてなりません。頭の中に自由な大海が浮かび、身悶えするほど強烈に後悔しました。逃れた仲間は振り向きもせず、今頃思うがままに青い海を満喫していることでしょう。

何隻もの漁船はお互いの間隔を保ちながら、次第次第に私たちとの距離を縮め、海面を棒や艪《かい》で叩きながら、私たちを湾内に追い込みました。そして、すべてが湾の中へ入ったのを確認した漁師は、湾の入口を網で二重三重にふさぎました。

狭い湾の中を右往左往していると、突然空から網が降ってきました。網はひとつやふたつではありません。いくつもの網が一斉に何度も降ってきました。私も何度目かに降ってきた網に捕獲されました。網の中でもがき続け、最も大切な尾ひれを振って暴れ続けました。網に突進しました。でもその都度、激しく跳ね返されました。体が網にこすれてすり傷が至る所にできて、痛くてなりません。

船の上で指揮している長老と思われる男が、大声で怒鳴っています。

「傷つけるな、あわてるな、分かっているな」

激しく波立っている海面を見ながらそう言いました。

「はい分かっています」

私たちはそう指図される前から、手荒な行為はされてはいませんでしたが、一段と優しくなりました。網は次第に狭められ、いつしか私たちは体と体が触れ合うほどになっていました。

網に包まれ、待機していたトラックの水槽に慎重に移されました。海水が張られていましたが、狭くてなりません。自暴自棄を装い、暴れようかとも思いましたが、もともと私たちは温和な種であり、私はそうすることが無駄に思え、それほど抵抗はいたしませんでした。ですが抵抗の意味で、二度三度尾ひれで激しく海水を叩き、揺らしました。

何台も、トラックは並んでいたようですが、私たちが乗せられたトラックはすぐに発車したので、後のことは分かりません。カーブをするたび、水槽の海水が右に左に、揺れました。乱暴な運転をしているふうはなく、むしろ慎重であるように思えました。けれども、何はともあれ、その揺れはわずかであっても、不安を増長させるのに十分でした。その証拠に、大海ではただの一遍も口を利いたことのないお兄さんが、私に向かって言いました。「どこへ連れていかれるんだろうねえ」と、独り言のように呟いたのです。返答を期待しているふうではなく、不安がそうさせているのは、明らかでした。私も不安を隠さず、「どこへ行くのかしら」と、力なく答えました。私が知っているはずが、ありません。私が聞きたいくらいです。

三十分ほど走ると、高速道路に入ったのが分かりました。なぜかと言えば、格段に道路が良くなったこともありますが、信号がなくなったので止まることがなくなり、海水の揺れが少なくなったからです。そして、いつの間にか、スピードが増したからです。

車は定期的に道をそれて、止まりました。恐らく、パーキングエリアだと思います。雑踏に包まれているのが気配で知れます。止まった直後、運転手が青いシートを少し外し、私たちの状況の確認をしました。海水の中に手を差し入れ、円を描くようにかき混ぜました。温度や酸素の状況を確認したのです。それが知れるとすぐにシートをかぶせました。

そのようなことが何度か繰り返されました。右に折れ、左に曲がって速度が遅くなりました。高速道路から外れたようです。懐かしい潮の香りが鼻先に漂います。車がゆっくり止まりました。しばらくするとシートがすべて外されました。数人の男が現われ、慎重に私を持ち上げて網の中に入れました。

円形のプールのような施設に静かに移そうとします。男のひとりが、私の頭を丁寧に持ち上げました。他にも胴体を持つ人や、尾を支える人がいて、優しく扱われていることを十分に感じました。でも、どんなに静かに解き放されても、不安に支配され、尾があるのさえ忘れて、しばらく泳ぎませんでした。

一、二度しか見たことのないような見慣れない同僚との共同生活が、こうして始まりました。

施設は円形で、深さは十分ではありませんが、こんなものでしょう。不満はお察しください。昨日まで泳いでいた海と比べれば雲泥の差です。五、六秒もすると、すぐに壁にぶちあたります。仕方なく、回遊を繰り返します。大海と比べること自体、端から論外というものです。

定期的に餌が運ばれますが、生きた魚とは程遠くおいしいものではありません。でも、仕方なく口を開けます。まずい餌を口にしながら、漠然とではありますが自死を思いました。死んでしまいたいと思ったのです。何もかもが嫌になりました。捕まった愚かさを恥じました。今さら悔いても仕方ありませんが、やはり涙が溢れて仕方がありません。

四、五頭が同じ施設にいました。不安と気まずい雰囲気が漂っており、お互いに体が触れないように心掛けました。捕獲された仲間も同じ思いであったと思います。ですからお互いにぎこちない態度で接しました。

最初、必要以外、口をつぐんでいましたが、どちらともなく、口を利くようになりました。決して和んだわけではありません。口を利くようになったのは、自然の成り行きがそうさせたのです。

夕日を眺めながら、お互いの境遇を話したりしていると、両親、兄弟、妹のことが脳裏を駆け巡ります。皆は今、どうしているのでしょうか。騒ぎに紛れて自分のこと以外、考えが及びませんでしたが、少し余裕ができると、思うのは肉親のことです。私が湾に誘い込まれた後は消息不明です。湾に追い込まれ、湾に入ったからと言っても、逃がれた数が圧倒的に多いのですから、そちらに入っていればと願うばかりです。

施設に入れられた直後から、人間が入れ替わり立ち替わり、観察に来ました。人間たちは私たちを見回りながら、立ち話をして、帰っていきます。しばらくすると、再び集い、何かを話し合い、それを繰り返して帰ります。見回りは暗くなるまで続きます。暗くなると寂しさで涙が止まりません。

一週間もすると表面上落ち着いてきたと見えたのでしょう。ウエットスーツを着た二十二、三の女性がプールに入ってきて私たちに盛んに触れようとします。私は一瞬たじろぎました。何しろ人間に触れられるのは初めてなのですから、緊張するなというほうが、無理というものです。人間に触れられるのは気持ちのいいものではありません。

訓練というのでしょうか、調教というのでしょうか、見世物にするトレーニングが、始まりました。同じ芸を繰り返し繰り返し覚えるまで仕込むのです。人間は我慢強いものです。少しでも進歩すると褒め言葉と共に、小魚が口の中に放り込まれます。決まって鼻筋を撫でながらそうするのです。

実際に見物した人はもちろんですが、テレビなどの映像で見たことがあると思います。大きく口を開けて嬉しそうに魚をもらうのも、芸のうちなのです。明けても暮れても、訓練の日々が続きます。私は覚えがよく、従って、最も可愛がられたと思いますが、次第に嫌になってきました。こんなことを続けてなんになる。一生、この狭苦しい檻のような空間から解放されることはないのではないか、という思いが脳裏をよぎります。そう思うと、積極的に芸を習得する気持ちがにわかに失せました。けれども、そうであっても、指導員に逆らったことは一切なく、淡々と付き従います。指導員も私の微妙な変化を敏感に見て取り、なんとなく冷たくなったように感じます。隣の大きなプールからは、人間の大歓声が何度となく海鳴りのように、聞こえてきます。

少し時が流れましたが、私たちはいまだ人様に、芸を披露するだけの技量は持ち合わせてはおりません。訓練に明け暮れる日々が続きます。一日たりとも、休みはありません。

一日の訓練が終わる頃は、メインの施設から観客が去り、関係者以外、人はいなくなります。私は一日の中でこの時間が最も好きになれません。この静寂が最も嫌いです。垣間見れば、ウエットスーツの若い女性が先輩の背に乗る練習に余念がありません。今日も、掃除するおばさんを横目で見ながら、一日が終わろうとしています。この寂寥感が、今の自分を映しているようで好きになれないのです。

日が西に傾き、もうすぐ沈みます。父母や弟を思うと涙が自然に溢れて止まりません。夕日に輝く海を眺めていると、切実に大海に戻りたくなります。さすがに施設の塀を飛び越えるジャンプ力はありません。夕日がぼやけます。

私は拙歌を作りました。

「海豚です　春の大海　のんびりと　苛烈な調教　後悔の日々」

私は涙を隠すため、プール深く沈んでいきます。息を止められるのならどんなにいいでしょう。

あとがき

本書は、二〇二三年三月に亡くなった夫の遺稿集です。

病で入院生活を送っていた夫は、病室で短歌や俳句をノートに記していましたが、ある時、それらを思い切って、新聞の投稿欄に送ってみました。それからは時折、はがきで五枚くらいずつ、投稿していました。

数年経った頃、投稿作が入選し、新聞に掲載されることになり、夫はたいへん喜んでいました。

真夜中にちあきなおみの歌流る絶品秀逸「紅《あか》とんぼ」

（二〇一九年十二月二十二日付朝日新聞「朝日歌壇」）

それが励みとなったのか、その後もずっと投稿を続けていました。

短歌だけでなく、夫は短編小説も書いておりました。今回は、それらの作品をまとめて短編小説集として刊行する運びとなりました。本書の完成を、夫も楽しみにしておりましたが、残念なことに完成を見ずに逝き、私たち家族が夫の遺志を継ぐことになりました。わからないことばかりでしたが、多くの皆さまにご尽力をいただきましたことに、心から御礼申し上げます。

二〇二三年九月

著者プロフィール

坂上 美儀（さかうえ みよし）

1948年4月26日生まれ
埼玉県出身
県立熊谷農業高等学校卒業
2023年3月永眠

矜持 坂上美儀短編集

2023年12月15日 初版第1刷発行

著 者 坂上 美儀
発行者 瓜谷 綱延
発行所 株式会社文芸社
〒160-0022 東京都新宿区新宿1－10－1
電話 03-5369-3060（代表）
03-5369-2299（販売）

印刷所 株式会社平河工業社

ISBN978-4-286-24672-7